2001 NIGHTS

MEDUSAS THRON

Text und Zeichnung:
Yukinobu Hoshino

CARLSEN VERLAG

CARLSEN COMICS
Lektorat: Uta Schmid-Burgk, Andreas C. Knigge, Marcel Le Comte
1. Auflage September 1996

Aus dem Amerikanischen von Jens Rasmus Nielsen
2001 NIGHTS

First published by Futabasha Inc. in Japan
German language and translation rights arranged through
VIZ Communications, Inc., USA
Redaktion: Marcel Le Comte
Lettering: Julia Höpfner-Meyer
Druck und buchbinderische Verarbeitung:
Clausen & Bosse GmbH, Leck

ISBN 3-551-72725-2
Printed in Germany

Nacht 10:

MEDUSAS THRON

DIE MÄNNLICHEN VERTRETER DER GATTUNG MENSCH FINDEN – SO SCHEINT ES – IHRE BEFRIEDIGUNG AUSSCHLIESSLICH IN DER EROBERUNG: HAUPTSACHE, SIE DÜRFEN IN JUNGFRÄULICHES GEBIET VORSTOSSEN. EGAL, OB FRAU ODER PLANET...
HIER MUTTERSCHIFF ATHENA. DREI FÄHREN WURDEN PLANMÄSSIG AUSGESETZT UND BEWEGEN SICH AUF DEN PLANETEN ALGOL II ZU ...
... »JUNGFRÄULICHKEIT« ... DIE REIHE DER MÄNNER, DIE SICH AUF DER SUCHE NACH DIESEM PHANTOM SELBST ZERSTÖRT HABEN, IST ENDLOS LANG ...

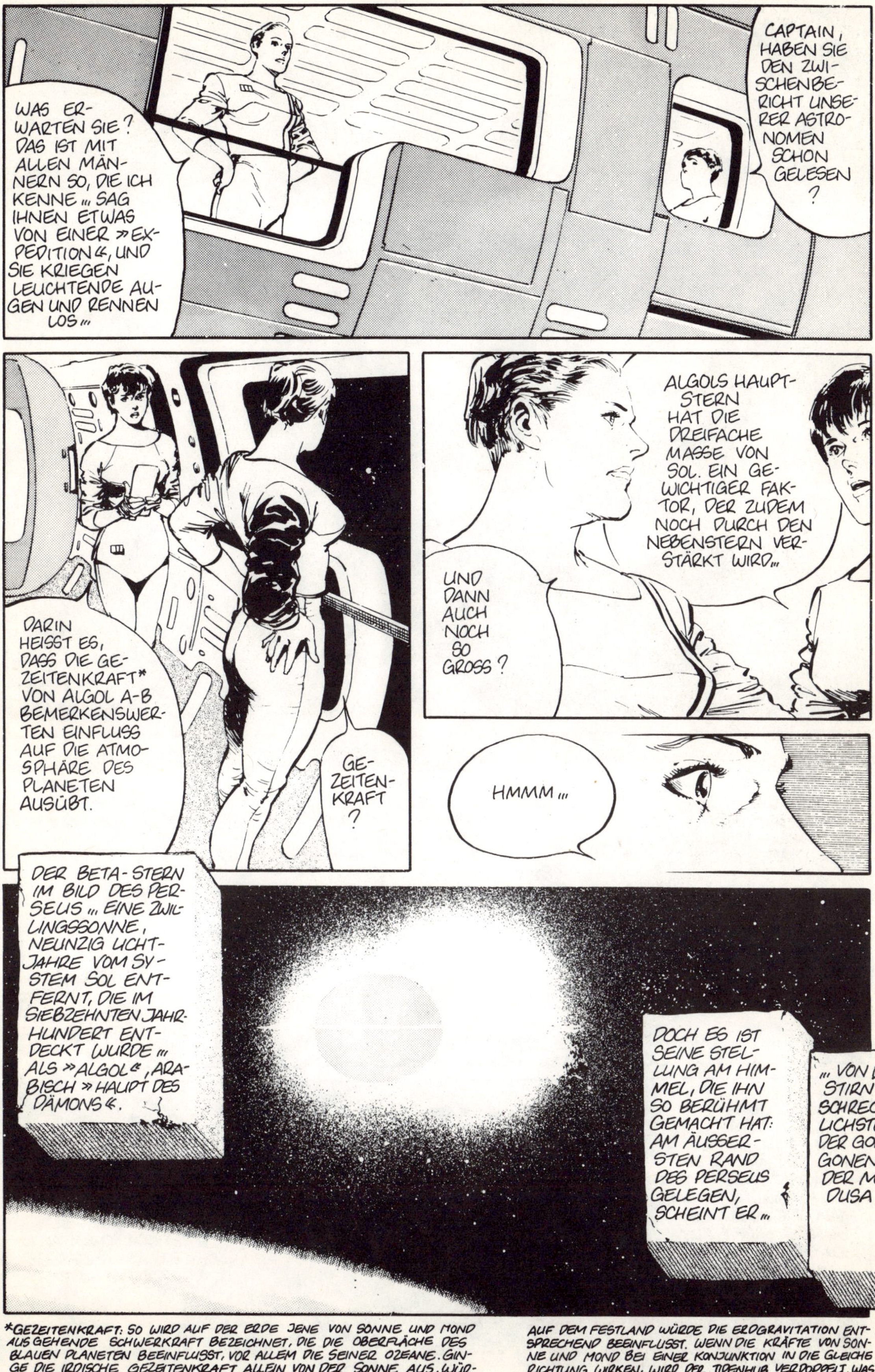

*GEZEITENKRAFT: SO WIRD AUF DER ERDE JENE VON SONNE UND MOND AUSGEHENDE SCHWERKRAFT BEZEICHNET, DIE DIE OBERFLÄCHE DES BLAUEN PLANETEN BEEINFLUSST, VOR ALLEM DIE SEINER OZEANE. GINGE DIE IRDISCHE GEZEITENKRAFT ALLEIN VON DER SONNE AUS, WÜRDE DER DURCHSCHNITTLICHE TIDENHUB AM ÄQUATOR BEI 25cm LIEGEN, AUF DEM FESTLAND WÜRDE DIE ERDGRAVITATION ENTSPRECHEND BEEINFLUSST. WENN DIE KRÄFTE VON SONNE UND MOND BEI EINER KONJUNKTION IN DIE GLEICHE RICHTUNG WIRKEN, WIRD DER TIDENHUB VERDOPPELT, WAS ZU EINER SPRINGFLUT FÜHRT.

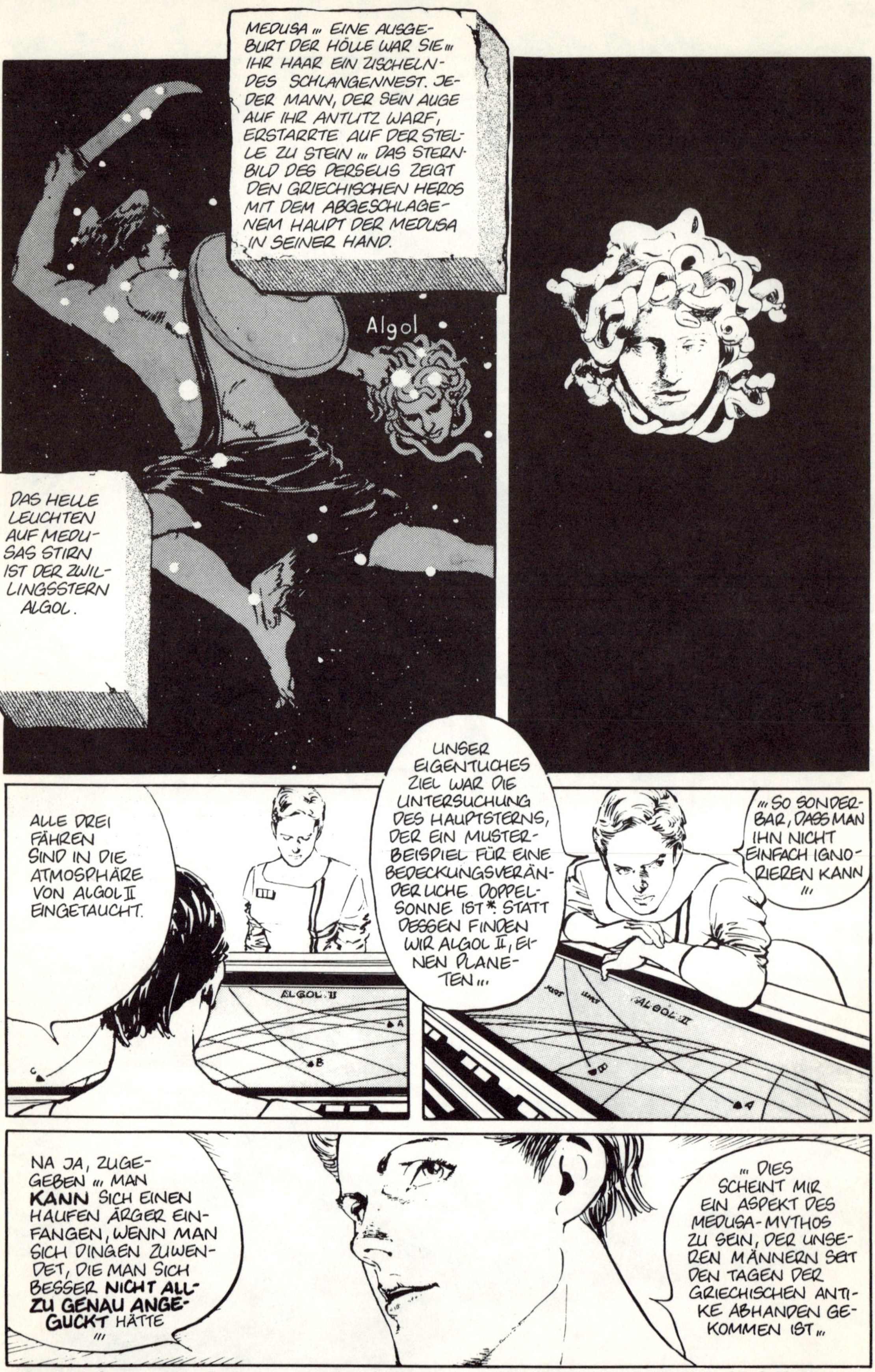

* BEI EINER BEDECKUNGSVERÄNDERLICHEN DOPPELSONNE UMKREISEN SICH ZWEI STERNE GEGENSEITIG, WOBEI SICH DER EINE STERN IN REGELMÄSSIGEN ABSTÄNDEN VOR DEN ANDEREN SCHIEBT. WÄHREND DIESER BEDECKUNG VERÄNDERT SICH DIE VON DER ERDE AUS WAHRNEHMBARE HELLIGKEIT DES DOPPELSTERNS. ALGOL IST EIN TYPISCHES BEISPIEL FÜR DIESES PHÄNOMEN, DESHALB NENNT MAN SOLCHE STERNE AUCH ALGOLSTERNE.

Expedition A — DIE STADT AUS STEIN

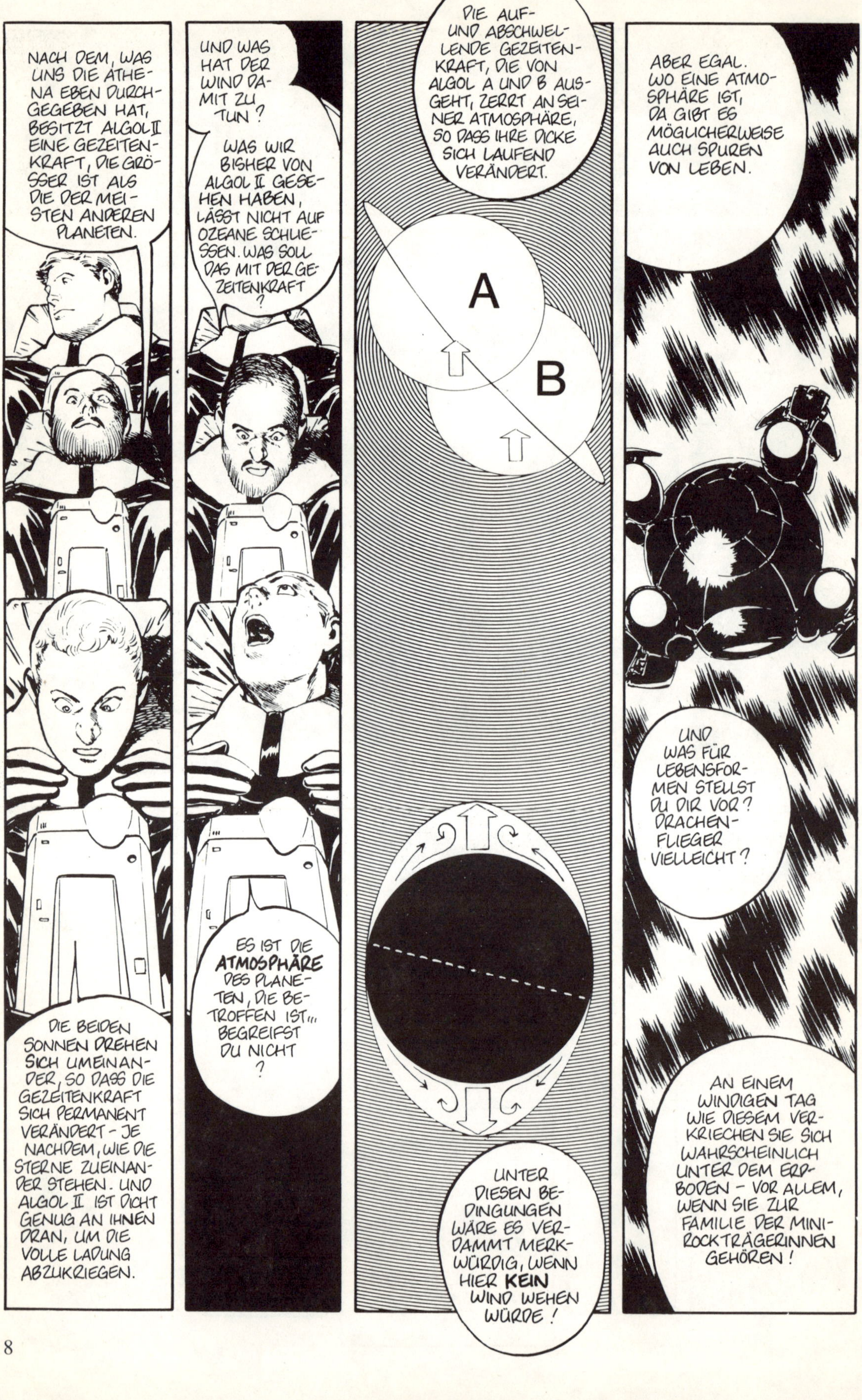
NACH DEM, WAS UNS DIE ATHENA EBEN DURCHGEGEBEN HAT, BESITZT ALGOL II EINE GEZEITENKRAFT, DIE GRÖSSER IST ALS DIE DER MEISTEN ANDEREN PLANETEN.
DIE BEIDEN SONNEN DREHEN SICH UMEINANDER, SO DASS DIE GEZEITENKRAFT SICH PERMANENT VERÄNDERT - JE NACHDEM, WIE DIE STERNE ZUEINANDER STEHEN. UND ALGOL II IST DICHT GENUG AN IHNEN DRAN, UM DIE VOLLE LADUNG ABZUKRIEGEN.
UND WAS HAT DER WIND DAMIT ZU TUN?
WAS WIR BISHER VON ALGOL II GESEHEN HABEN, LÄSST NICHT AUF OZEANE SCHLIESSEN. WAS SOLL DAS MIT DER GEZEITENKRAFT?
ES IST DIE **ATMOSPHÄRE** DES PLANETEN, DIE BETROFFEN IST... BEGREIFST DU NICHT?
DIE AUF- UND ABSCHWELLENDE GEZEITENKRAFT, DIE VON ALGOL A UND B AUSGEHT, ZERRT AN SEINER ATMOSPHÄRE, SO DASS IHRE DICKE SICH LAUFEND VERÄNDERT.
A
B
UNTER DIESEN BEDINGUNGEN WÄRE ES VERDAMMT MERKWÜRDIG, WENN HIER **KEIN** WIND WEHEN WÜRDE!
ABER EGAL. WO EINE ATMOSPHÄRE IST, DA GIBT ES MÖGLICHERWEISE AUCH SPUREN VON LEBEN.
UND WAS FÜR LEBENSFORMEN STELLST DU DIR VOR? DRACHENFLIEGER VIELLEICHT?
AN EINEM WINDIGEN TAG WIE DIESEM VERKRIECHEN SIE SICH WAHRSCHEINLICH UNTER DEM ERDBODEN - VOR ALLEM, WENN SIE ZUR FAMILIE DER MINIROCKTRÄGERINNEN GEHÖREN!

HEY! MOMENT MAL!
DA UNTEN! DAS RADAR-MUSTER SIEHT NICHT NACH NATÜRLICHER OBERFLÄCHEN-STRUKTUR AUS...
REGI-STRIERT ES IRGEND-WO ME-TALLE?
NEIN... ABER SEHT DOCH! SEHT!
DAS IST EINE STADT!

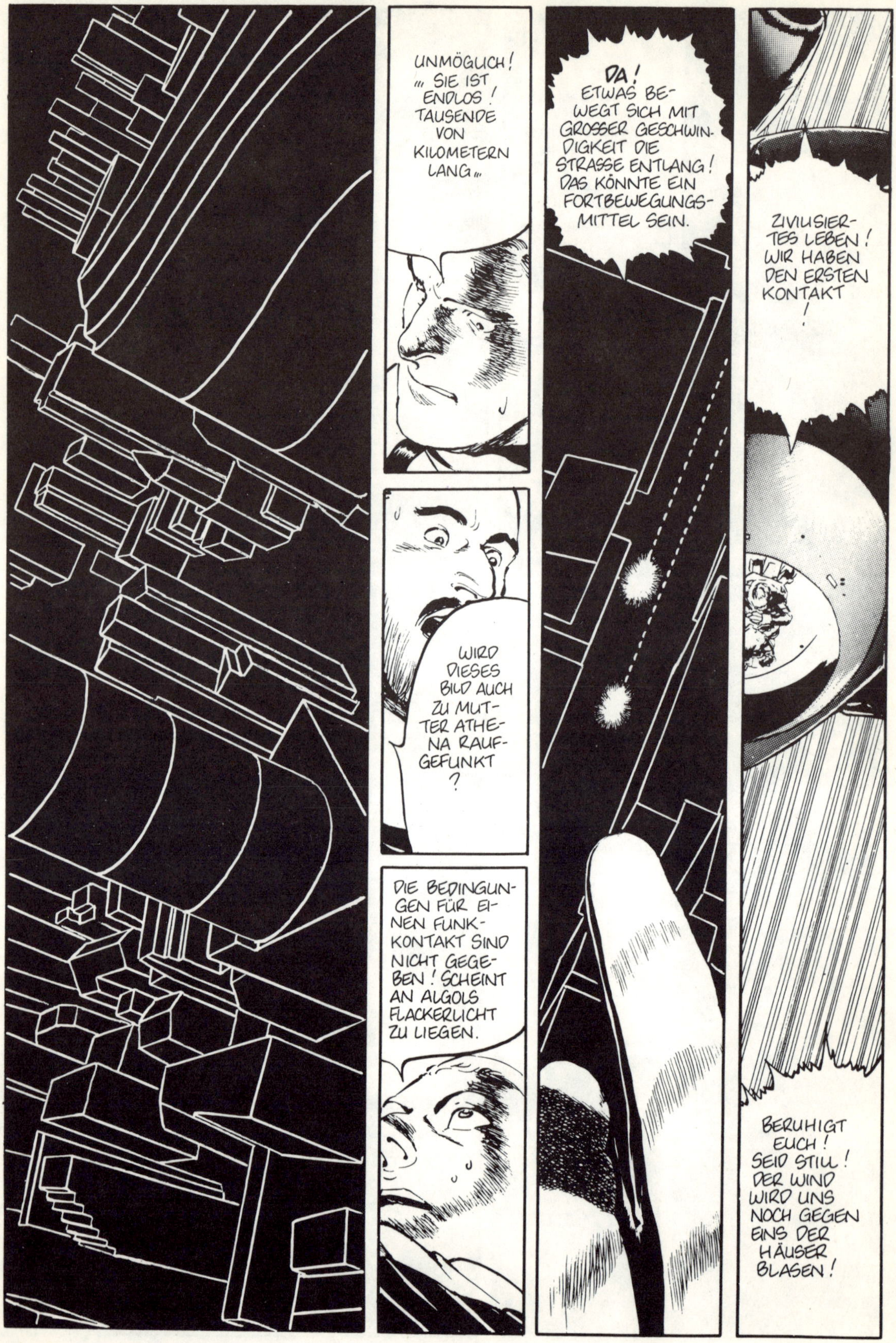
UNMÖGLICH! ... SIE IST ENDLOS! TAUSENDE VON KILOMETERN LANG ...
WIRD DIESES BILD AUCH ZU MUTTER ATHENA RAUFGEFUNKT?
DIE BEDINGUNGEN FÜR EINEN FUNKKONTAKT SIND NICHT GEGEBEN! SCHEINT AN ALGOLS FLACKERLICHT ZU LIEGEN.
DA! ETWAS BEWEGT SICH MIT GROSSER GESCHWINDIGKEIT DIE STRASSE ENTLANG! DAS KÖNNTE EIN FORTBEWEGUNGSMITTEL SEIN.
ZIVILISIERTES LEBEN! WIR HABEN DEN ERSTEN KONTAKT!
BERUHIGT EUCH! SEID STILL! DER WIND WIRD UNS NOCH GEGEN EINS DER HÄUSER BLASEN!

BEVOR WIR LANDEN, MÜSSEN WIR MIT IHNEN VERBINDUNG AUFNEHMEN ... SAG IHNEN, DASS WIR IN FRIEDLICHER ABSICHT KOMMEN!
UND FRAG SIE, OB SIE EIN TREFFEN MIT IHREM STAATSOBERHAUPT ARRANGIEREN KÖNNEN!
UND WENN SIE GAR KEINE FUNKGERÄTE HABEN?
WENN SIE SO EINE STADT BAUEN KÖNNEN, HABEN SIE **NATÜRLICH** AUCH FUNKGERÄTE!
DIE ALTEN GRIECHEN HABEN AUCH STÄDTE GEBAUT, OBWOHL SIE KEINE FUNKGERÄTE HATTEN!
ACH JA? HAST DU NICHT GERADE WAS VON »FORTBEWEGUNGSMITTELN« GEFASELT?
DAS KÖNNEN AUCH EINFACHE KARREN GEWESEN SEIN!
KÖNNT IHR BEIDEN SPINNER JETZT MAL RUHE GEBEN?
VERDAMMT! WIR LANDEN, ALSO HALTET DIE KLAPPE!
RMMMMCHK

WHSSSSHS
EINE »STADT AUS STEIN«, HM ...?
IHR EINZIGER BEWOHNER IST DER WIND ... UND DER HAT SIE AUCH GESCHAFFEN, FREUNDE ...
ALGOLS GEZEITENKRAFT ERZEUGT EINEN STARKEN, KONSTANTEN WIND, DER IRGENDWANN SOGAR BERGE SCHLEIFT UND SCHÄCHTE IN DEN STEIN GRÄBT ...
ABER ... ABER WAS HABEN WIR DANN AUF UNSEREM SCHIRM GESEHEN? WAS BEWEGT SICH HIER?
FELSBROCKEN VIELLEICHT. SIE FALLEN IN DIE SCHLUCHTEN UND WERDEN VOM WIND MIT DER ZEIT KUGELRUND GESCHLIFFEN.
WHDTHD

RMBMBM
D... DA KOMMT NOCH EINER VON DER ANDEREN SEITE!
DIE SIND AUF KOLLISIONS-KURS!
!
BAM

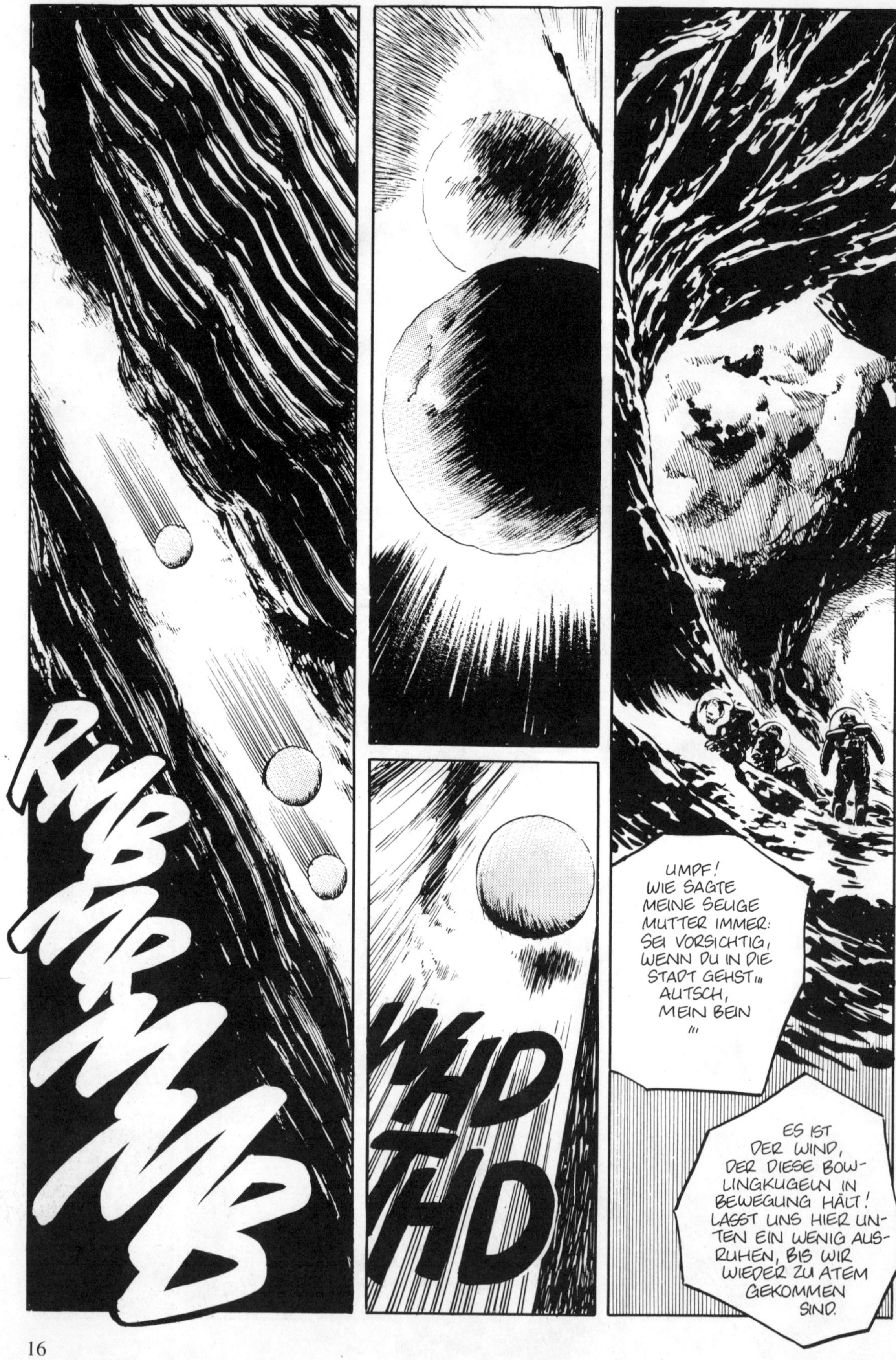
RMBMRMMMB
WHD
THD
UMPF! WIE SAGTE MEINE SELIGE MUTTER IMMER: SEI VORSICHTIG, WENN DU IN DIE STADT GEHST... AUTSCH, MEIN BEIN ...
ES IST DER WIND, DER DIESE BOWLINGKUGELN IN BEWEGUNG HÄLT! LASST UNS HIER UNTEN EIN WENIG AUSRUHEN, BIS WIR WIEDER ZU ATEM GEKOMMEN SIND.

ICH WEISS NICHT ... HIER UNTEN BLÄST DER WIND DOCH AUCH !
THOWHUD
RMBMRMM
DIE U-BAHN KOMMT ...
GENAU, WIE ICH DACHTE !

Expedition B – DER OZEAN AUS SAND

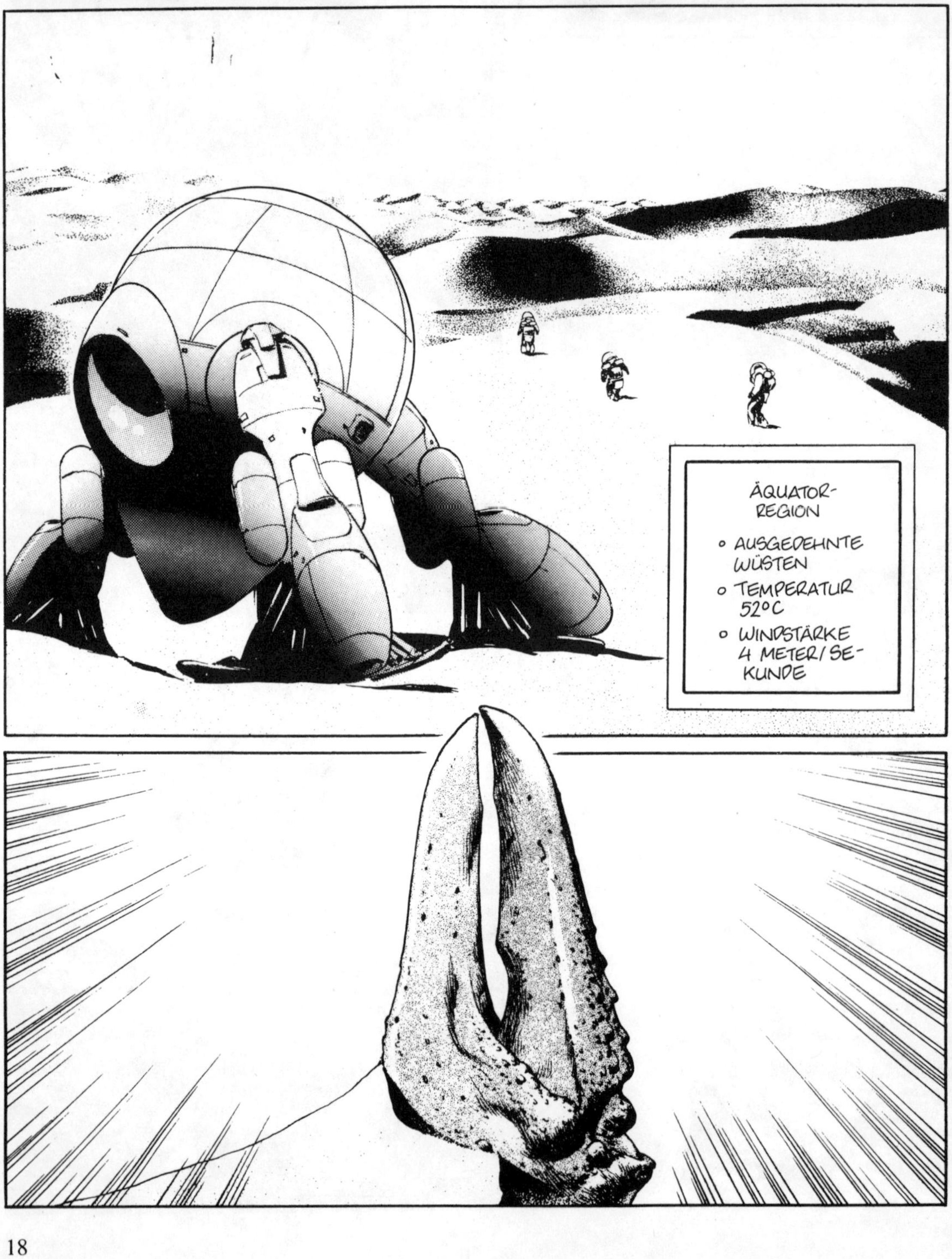

HEILIGE SCHEISSE! DAS IST TATSÄCH-LICH EIN FOSSIL!
DÜRFTE MEHRE-RE ZEHNTAUSEND JAHRE ALT SEIN... EINE PRIMITIVE LEBENSFORM ...
WÜRDE AUF DER ERDE WOHL DEN KRUSTAZEEN ZUGEHÖRIG SEIN...
ALS ICH DAS DING BEIM ÜBERFLIEGEN BEMERKT HABE, DACHTE ICH NUR: »KÖNNTE ES SEIN...« – DAS IST EIN WUNDER, LEUTE! LEBEN AUF ALGOL II!
NA, NA! ES IST SCHON ZIEM-LICH LANGE TOT!
DIE GANZE REGION HIER KÖNNTE MAL EIN OZEAN GE-WESEN SEIN, ABER ...

HEUTE IST ES EHER EIN »OZEAN AUS SAND«, WAS?
SOGAR DAS MEER IST AUF DIESEM PLANETEN EIN FOSSIL GEWORDEN. ES IST VERSTEINERT ...
shaaa
shaa
HEY, DA UNTEN GEHT DAS DING NOCH WEITER!
HA, HA, HA! SEHT EUCH DAS AN!
GROSSE SCHERE, KLEINER KÖRPER ... WIE EINE WINKER-KRABBE ...
UND ALLES, WAS WIR GESEHEN HABEN, WAR DIESE EINE HOCHGERECKTE SCHERE?
DIE ANDERE SCHERE IST WINZIG ... HEY, JUNGE, DU BIST EIN WENIG **AUS DEM GLEICHGEWICHT GERATEN**, WAS?

KRABBEN WIE DIESE HABE ICH AUF DER ERDE AUCH SCHON GESEHEN ... IN JAPAN.
SIE SIND DORT SEHR ZAHLREICH AN DEN STRÄNDEN ... MAN NENNT SIE SHIOMANEKI ...
... DAS IST DAS JAPANISCHE WORT FÜR »RUFER DER FLUT«.
»RUFER DER FLUT« ... ?
SHHAA
O ... DER SAND BEWEGT SICH! **TREIBSAND!**

KEIN TREIBSAND! DAS... DAS IST DIE GANZE WÜSTE, DIE SICH BE-WEGT!
SHAASHAASH
chik chik
chik chik
HIER AM ÄQUATOR WIRKT DIE GRAVI-TATIONSKRAFT AM STÄRKSTEN!
ALGOLS GRAVITATIONS-KRAFT ZIEHT SOGAR DIE WÜSTE AN?!
ZU SPÄT! DIE SANDFLUT ERREICHT ...
... IHREN HÖHE-PUNKT!

SHHHAAASSSS

Expedition C

DAS ANTLITZ DER MEDUSA

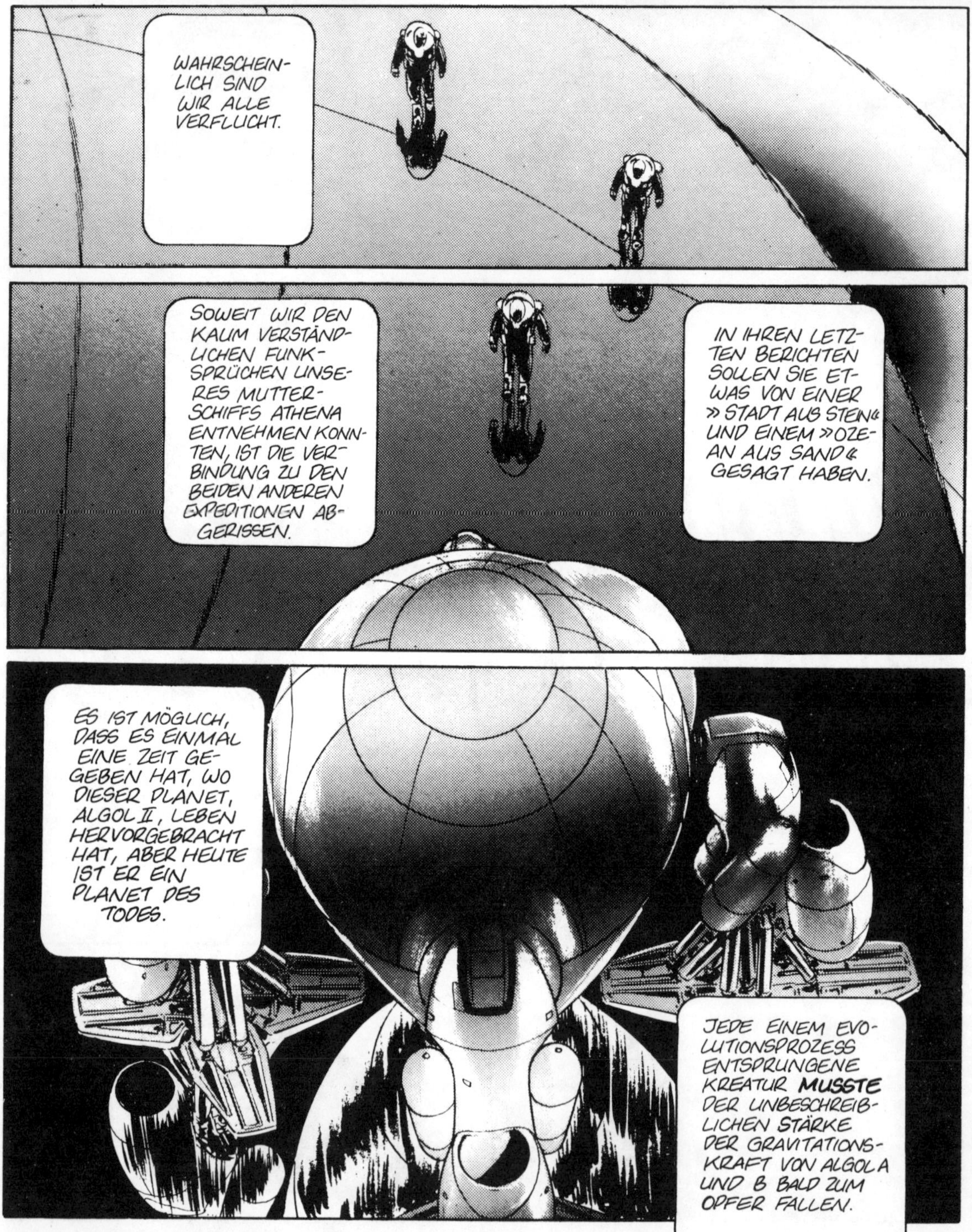

— IN POLNÄHE —
o EIN EISFELD
o TEMPERATUR -38°C
o WINDSTÄRKE 0 METER/SEKUNDE
MAX...
WAS GIBT'S, TORU?
HABEN WIR INZWISCHEN WIEDER FUNKKONTAKT MIT MUTTER?
NEE...
DU BIST JETZT DRAN! VERSUCH WEITER, EINE VERBINDUNG AUFZUBAUEN, UND SCHICK DEN BERICHT RAUF!
GEH HIN, UND SAG IHNEN, WAS FÜR IDIOTEN WIR ALLE SIND...

ALS WIR VON OBEN AUF DEN POL HERABBLICK-TEN, SAHEN WIR ETWAS SEHR MERK-WÜRDIGES.
MIT AN SICHERHEIT GRENZENDER WAHR-SCHEINLICHKEIT WAREN SCHWERSTE METEORO-LOGISCHE VERÄNDERUN-GEN VOR ZEHNTAUSEN-DEN VON JAHREN DA-FÜR VERANTWORTLICH, DASS DAS GESAMTE WASSER DES PLANETEN ZU EIS GEFROREN IST UND DIESE POLKAPPE GEBIL-DET HAT.
IN DER MITTE JENER ENDLOSEN WEISSEN EISFLÄCHE SAHEN WIR EIN SCHWARZES GE-BIET. WIR BE-SCHLOSSEN, GENAU DORT ZU LAN-DEN.

AUCH DIES WAR EIS, DOCH MAKELLOS GLATT ... EXZELLENT GESCHLIFFEN VOM HARTEN POLWIND.
UND WIE EIN SPIEGEL REFLEKTIERTE ES DEN HIMMEL ÜBER SICH ... ZWEIMAL GLITZERTE VOR UNS DER WUNDERSCHÖNE OFFENE STERNENHAUFEN, DEN WIR AUF DER ERDE »PERSEUS« NENNEN.
SELBSTVERSTÄNDLICH WURDE UNSERE »ENTDECKUNG« SOFORT GEBÜHREND GEFEIERT ...
... SO NAHMEN WIR NICHT WAHR, DASS WIND AUFKAM UND DER LUFTDRUCK PLÖTZLICH SEHR SCHNELL ABNAHM ...

ALS WIR ES ENDLICH BEMERKTEN, WAR DER LUFTDRUCK SCHON KURZ VOR DEM NULLPUNKT.
WIR WUSSTEN, DASS WIR KEINE SEKUNDE ZEIT ZU VERLIEREN HATTEN... WIR MUSSTEN HIER WEG! SOFORT!

WEGEN DER RIESIGEN GRAVITATIONSKRAFT SEINES DOPPELSTERNS IST DIE ATMOSPHÄRE DIESES PLANETEN EINE VERZERRTE FRATZE DER VERHÄLTNISSE AUF DER ERDE ... SEINE GANZE LUFT WIRD GEWALTSAM RICHTUNG ÄQUATOR GEDRÜCKT ...
DEMGEMÄSS KANN DIE ATMOSPHÄRE AN DEN POLKAPPEN VON ALGOL II AUF DEM HÖHEPUNKT DER »EBBE« IN DEN ZUSTAND EINES **TOTALEN VAKUUMS** ÜBERGEHEN ...
HEY, MAX ...
WAS DENN, TORU?
DIESES VAKUUM WIRD NICHT EWIG DAUERN, NICHT WAHR?
DAS DENKE ICH AUCH ...
DIE FRAGE IST ALSO, OB DER SAUERSTOFFVORRAT UNSERER ANZÜGE REICHT, BIS DIE ATMOSPHÄRE IN DEN »FLUTZUSTAND« ZURÜCKGEKEHRT IST.
SO IST DAS WOHL ...

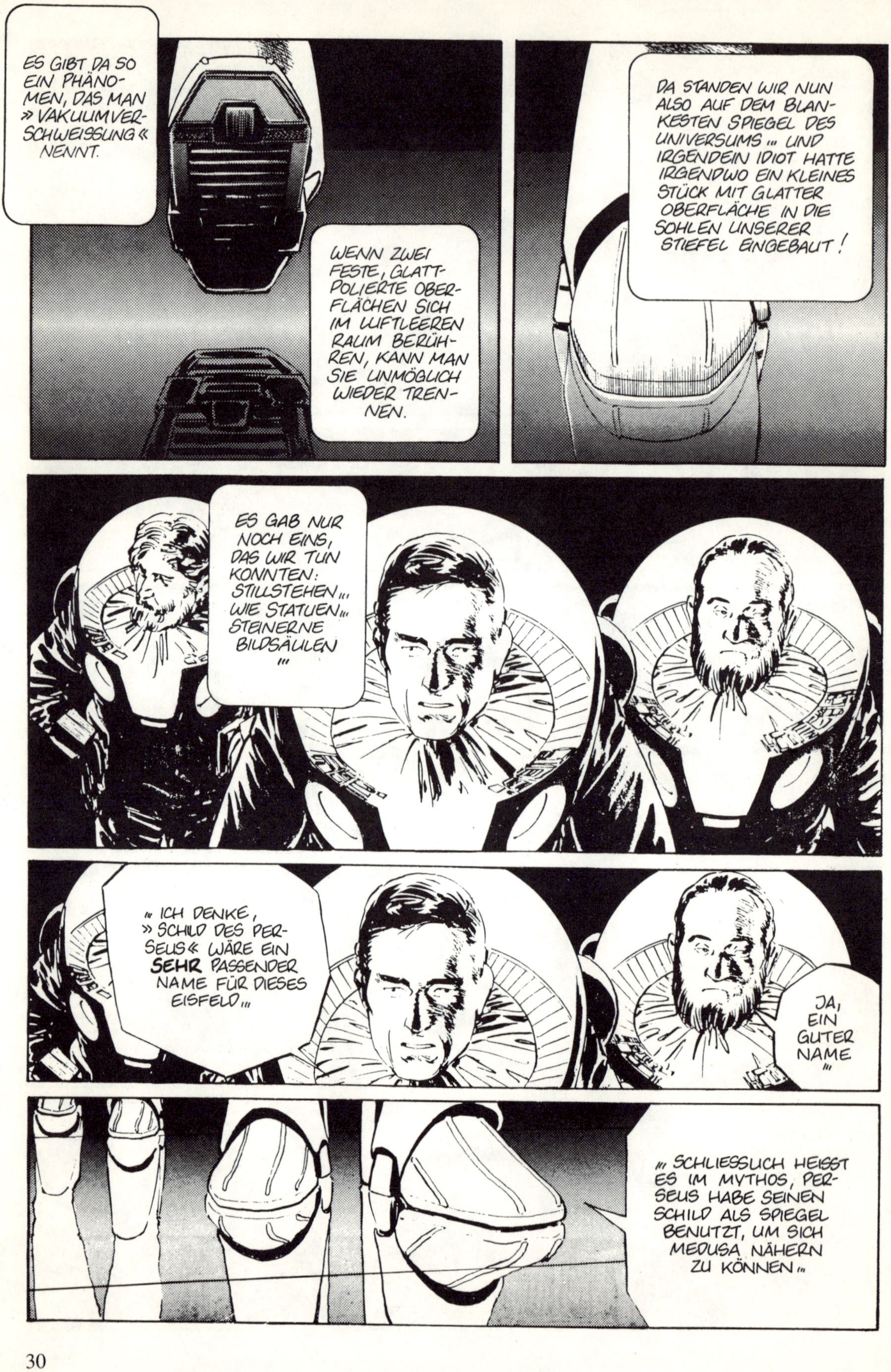

ES GIBT DA SO EIN PHÄNOMEN, DAS MAN »VAKUUMVERSCHWEISSUNG« NENNT.
WENN ZWEI FESTE, GLATTPOLIERTE OBERFLÄCHEN SICH IM LUFTLEEREN RAUM BERÜHREN, KANN MAN SIE UNMÖGLICH WIEDER TRENNEN.
DA STANDEN WIR NUN ALSO AUF DEM BLANKESTEN SPIEGEL DES UNIVERSUMS ... UND IRGENDEIN IDIOT HATTE IRGENDWO EIN KLEINES STÜCK MIT GLATTER OBERFLÄCHE IN DIE SOHLEN UNSERER STIEFEL EINGEBAUT!
ES GAB NUR NOCH EINS, DAS WIR TUN KONNTEN: STILLSTEHEN ... WIE STATUEN ... STEINERNE BILDSÄULEN ...
... ICH DENKE, »SCHILD DES PERSEUS« WÄRE EIN **SEHR** PASSENDER NAME FÜR DIESES EISFELD ...
JA, EIN GUTER NAME ...
... SCHLIESSLICH HEISST ES IM MYTHOS, PERSEUS HABE SEINEN SCHILD ALS SPIEGEL BENUTZT, UM SICH MEDUSA NÄHERN ZU KÖNNEN ...

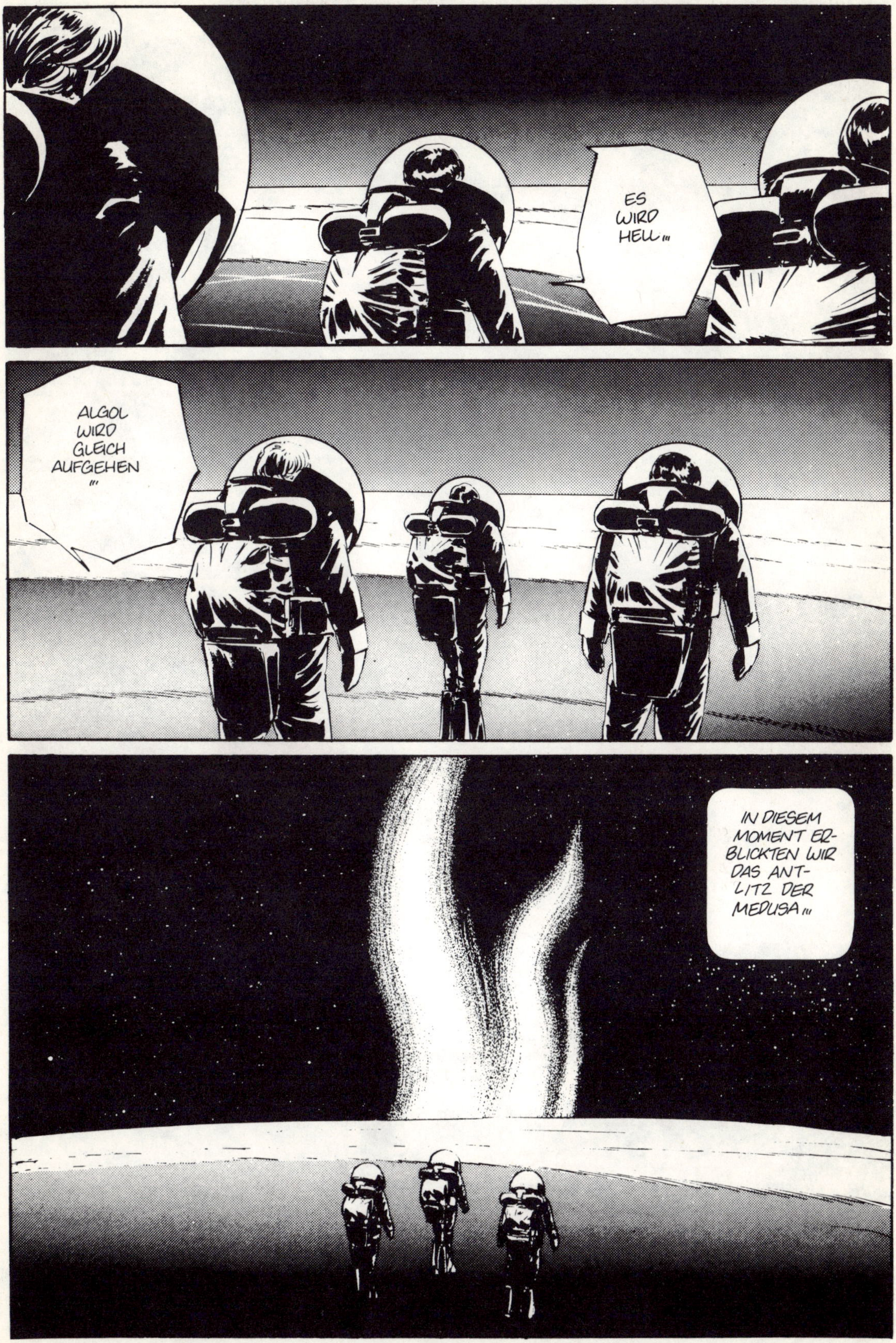
ES WIRD HELL ...
ALGOL WIRD GLEICH AUFGEHEN ...
IN DIESEM MOMENT ER-BLICKTEN WIR DAS ANT-LITZ DER MEDUSA ...

Ende der zehnten Nacht

Nacht 11
DIE SPUREN DER FREMDEN

PURILLA II ...
ZWEITER PLANET DES G2-TYP-STERNS PURILLA.
SEINE CHARAKTERISTIKA IM VERGLEICH ZUR ERDE:
0,92 FACHE SCHWERKRAFT
0,88 FACHER RADIUS
0,75 FACHE MASSE
EIN MOND
AUFGRUND IHRER EINFACHEN ZUSAMMENSETZUNG IST DIE LUFT, DIE PURILLA II UMGIBT, NICHT ATEMBAR.

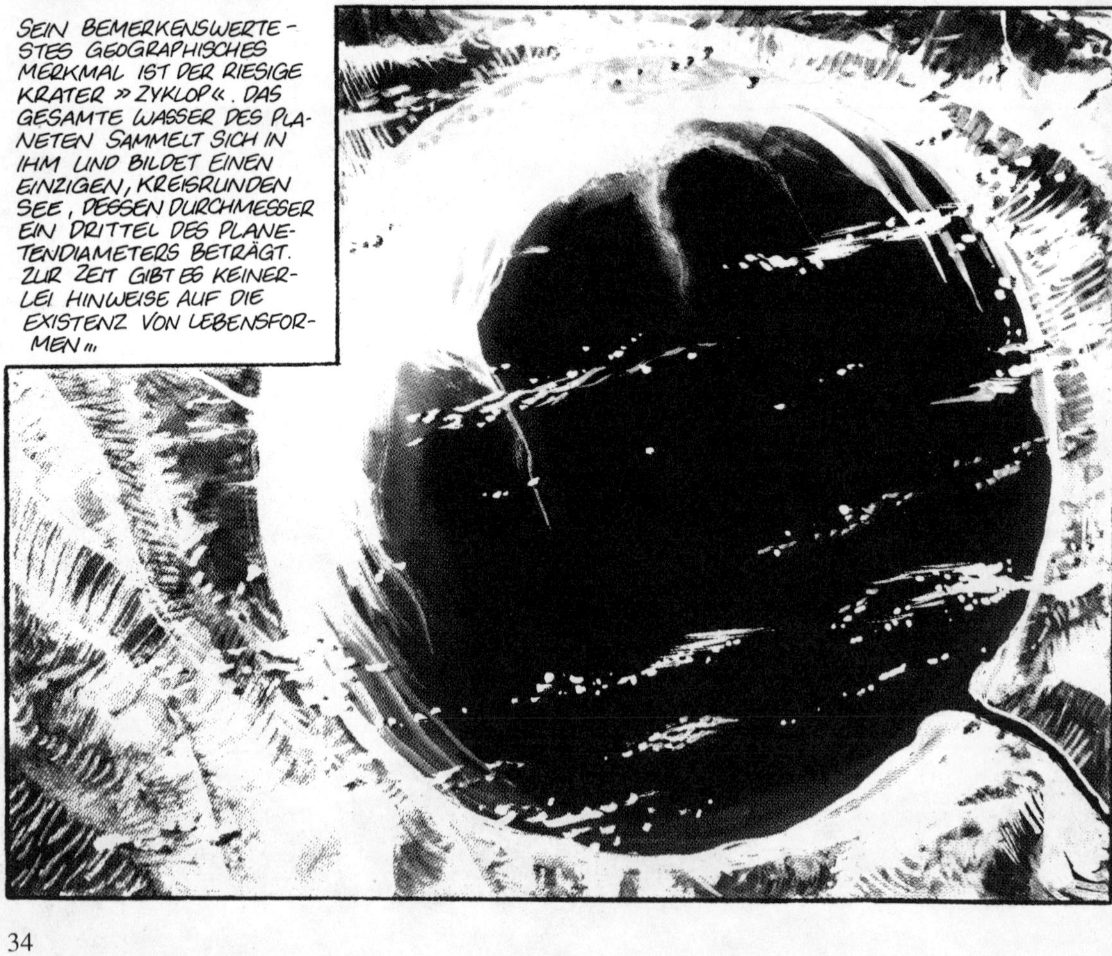
SEIN BEMERKENSWERTESTES GEOGRAPHISCHES MERKMAL IST DER RIESIGE KRATER »ZYKLOP«. DAS GESAMTE WASSER DES PLANETEN SAMMELT SICH IN IHM UND BILDET EINEN EINZIGEN, KREISRUNDEN SEE, DESSEN DURCHMESSER EIN DRITTEL DES PLANETENDIAMETERS BETRÄGT. ZUR ZEIT GIBT ES KEINERLEI HINWEISE AUF DIE EXISTENZ VON LEBENSFORMEN ...

FWAASH

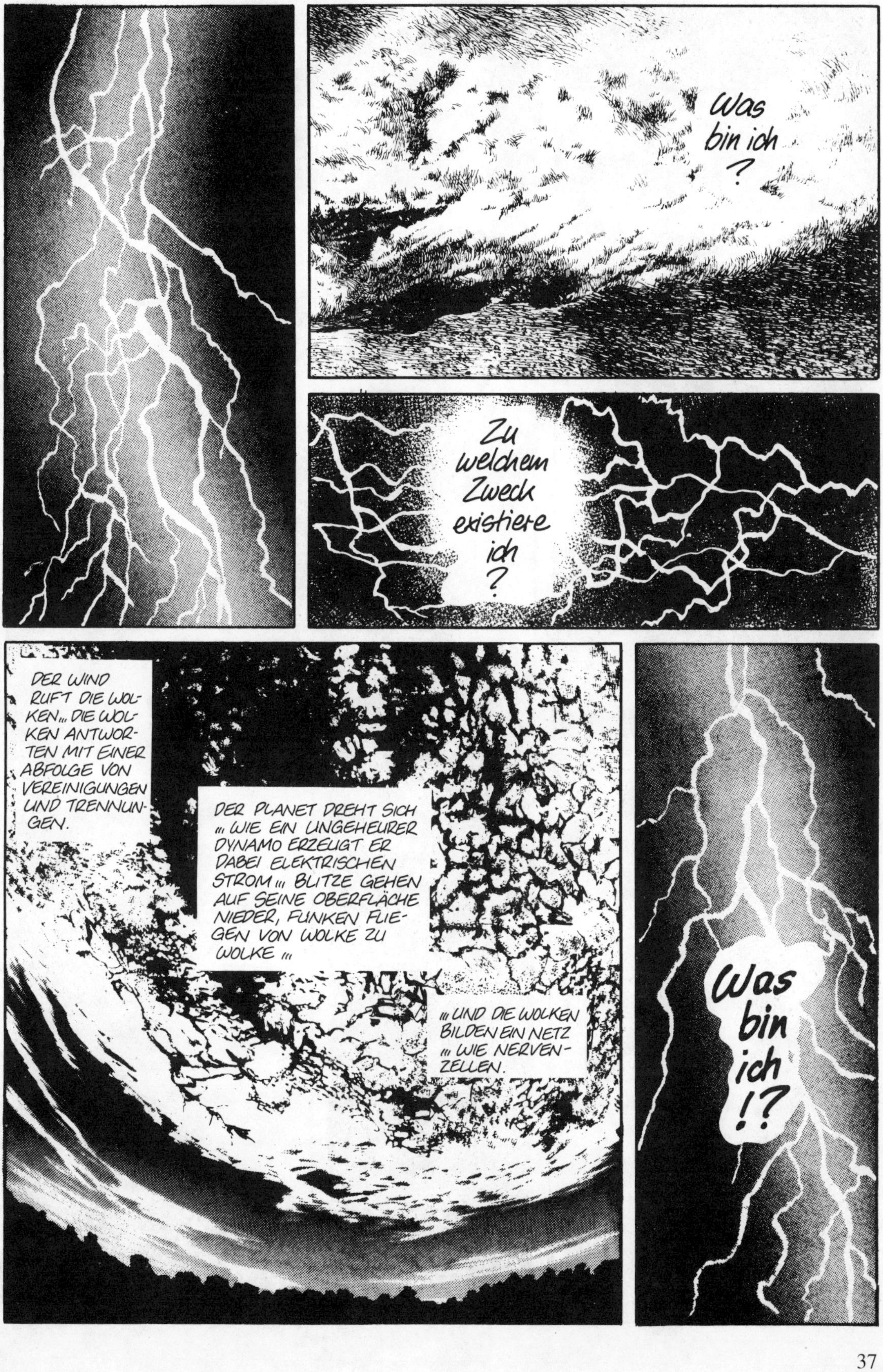

Was bin ich?
Zu welchem Zweck existiere ich?
DER WIND RUFT DIE WOLKEN... DIE WOLKEN ANTWORTEN MIT EINER ABFOLGE VON VEREINIGUNGEN UND TRENNUNGEN.
DER PLANET DREHT SICH ... WIE EIN UNGEHEURER DYNAMO ERZEUGT ER DABEI ELEKTRISCHEN STROM ... BLITZE GEHEN AUF SEINE OBERFLÄCHE NIEDER, FUNKEN FLIEGEN VON WOLKE ZU WOLKE ...
... UND DIE WOLKEN BILDEN EIN NETZ ... WIE NERVENZELLEN.
Was bin ich!?

VON WOLKE ZU WOLKE FLIESST DER STROM, VON DEN WOLKEN ZUR OBERFLÄCHE, VON NERV ZU NERV ...
... WIE IN EINEM GEHIRN VON DER GRÖSSE EINES PLANETEN.
Aus welchem Grund bin ich hier?
DAS »HIRN« HÖRT NICHT AUF ZU FRAGEN ...
... ABER DA IST NIEMAND, DER IHM ANTWORT GEBEN KÖNNTE ... ES IST ALLEIN ...

WHOOOSH
chak
kachuk
So viele kleine Wesen ... sie können sich selbständig bewegen!?
... Unglaublich schnell!
Und außerdem ... jedes einzelne hat seinen eigenen elektrischen Kreislauf ... sein eigenes Gehirn!

Etwas wie sie hätte ich nie erwartet ... Ob sie ...
... ob sie wissen, was sie sind?
ZWUUUUUUUU
... IN DER ATMOSPHÄRE VON PURILLA II GIBT ES KEINEN SAUERSTOFF.
DER SOGENANNTE OZEAN BESTEHT AUS ANNÄHERND HUNDERTPROZENTIGER SALZSÄURE, UND LEBENSFORMEN WURDEN BISHER NICHT GEFUNDEN ...
ABER DAS GRUNDWASSER KANN MAN TRINKEN UND ZUR BEWÄSSERUNG VON PLANTAGEN NUTZEN ... UND SAUERSTOFF SOLLTE SICH HIER AUCH GEWINNEN LASSEN.
DAS LICHT DES PURILLASTERNS IST DEM DER SONNE VERGLEICHBAR, UND DIE TEMPERATUR IST ... NUN JA, JEDENFALLS NICHT UNANGENEHM.

MIT EINEM WORT: PURILLA IST EIN VIELVERSPRECHENDES SYSTEM.
WENN UNSERE KLEINE WISSENSCHAFTLICHE EXPEDITION ERFOLGREICH IST, WERDEN DIE KOLONIEN HIER BALD WIE PILZE AUS DEM BODEN SCHIESSEN.
ES GIBT AUCH SCHON BESIEDLUNGSPLÄNE FÜR DEN NACHBARPLANETEN PURILLA III...
... ALLERDINGS LAUFEN DIE UNTER DER FEDERFÜHRUNG DER EURASISCHEN UNION.
UND? GLAUBST DU AUCH, DASS ES HIER KEIN LEBEN GIBT, MEIARU?
WER, WENN NICHT WIR, SOLL DAS HERAUSFINDEN, YAN? WIR SIND DIE BIOLOGEN IM TEAM.
LASS UNS MIT DEM OZEAN ANFANGEN. SO SCHNELL WIE MÖGLICH.
GUTER VORSCHLAG!
DIE GEOLOGEN SOLLTEN SICH ALS ERSTES UM DIE BODENSCHÄTZE KÜMMERN. SUCHT NACH METALLEN UND BRAUCHBAREN ERZEN.
VON DEN METEOROLOGEN WILL ICH EINE ERWEITERTE PROGNOSE...
... UND VON DEN BIOLOGEN ... ?! ... YAN? ... MEIARU?
WAAS?! SIE SIND SCHON UNTERWEGS ZUM OZEAN?
UNVERBESSERLICH, DIE BEIDEN! SIE SOLLEN HIER EINEN GEMÜSEGARTEN ANLEGEN, SONST NICHTS!

PASS AUF, WO DU HINTRITTST, MEIARU. DIE SÄURE WIRD DEINEN ANZUG ZERSETZEN, WENN DU DA REINFÄLLST.
SCHADE, ENTTÄUSCHEND. ICH HATTE GEHOFFT, HIER WENIGSTENS AMINOSÄUREN ZU FINDEN.
SSHHH
SSHHH
ER IST NOCH ZU JUNG, DIESER PLANET...
SSHHH
ES DÜRFTE KAUM EINE MILLIARDE JAHRE HERSEIN SEIT SEINER GEBURT.
DIESER SOGENANNTE OZEAN IST NOCH IN EINEM STADIUM, WO ER DAMPF UND GAS AUS DER ATMOSPHÄRE ABSORBIERT.
DIE ERDE SAH WÄHREND DES ARCHÄOZOIKUMS GENAUSO AUS... VOR DREI MILLIARDEN UND FÜNFHUNDERT MILLIONEN JAHREN! IN EIN- ODER ZWEIHUNDERT MILLIONEN JAHREN ENTSTEHT LEBEN.

ES BRÄUCHTE NUR GROSSER HITZE ODER ELEKTRISCHER LADUNG, UND DER OZEAN WÜRDE IN KÜRZESTER ZEIT VOR ORGANISCHER MATERIE ÜBERFLIESSEN ...
... WIE EINE DICKE BRÜHE VOLLER PROTEIN MOLEKÜLE ...
... UND DARAUS WÜRDE LEBEN ENTSTEHEN.
ICH FRAGE MICH, OB WIR DIESEN PROZESS NICHT BESCHLEUNIGEN KÖNNTEN ... ?
WENN WIR GÖTTER WÄREN, VIELLEICHT ...
KRAK
MEIARU ! PASS AUF !
STCH
HUCH !
BOOM!
SPASH
SSSSSS

HALTET SEINEN KOPF RUHIG! ES IST SÄURE! ICH BRAUCHE EIN NEUTRALISATIONSMITTEL... UND SAUERSTOFF!
PAPA... OH, PAPA...
ICH DACHTE, ICH HÄTTE DIR AUF DER ERDE DEUTLICH GENUG GESAGT, DASS WIR AUF EINE GEFAHRVOLLE REISE GEHEN, MEIARU...
...DIE MENSCHHEIT STEHT NOCH GANZ AM ANFANG IHRER REISE INS ALL.
WIE ES AUSSIEHT, KOMMT ER OHNE ERNSTHAFTE VERLETZUNGEN DAVON... WENN DIE ÄRZTE MIT IHM FERTIG SIND, SOLLTEST DU VAN GESELLSCHAFT LEISTEN...

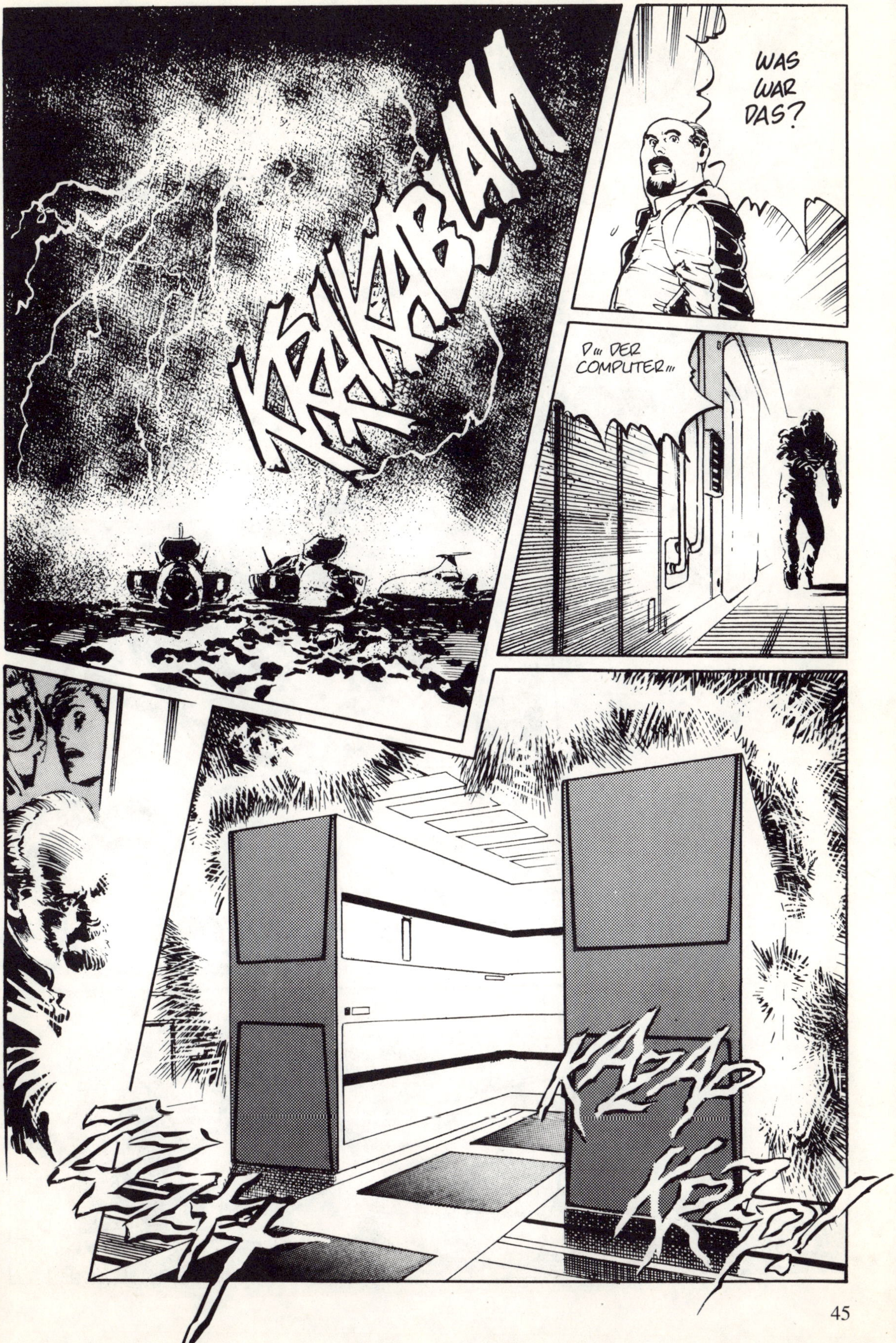
KRAKABLAM
WAS WAR DAS?
D... DER COMPUTER...
KAZAP

KRAK
KRAK
DER GENERATOR! SCHALTET DEN GENERATOR AB, SCHNELL!
HABEN WIR SCHON! DIE SCHALTKREI-SE ENTLADEN SICH IRGEND-WIE VON ALLEIN!
WIE BITTE!? DAS IST UNMÖGLICH!
BOOM
WAS IST...? WAS SOLL DENN DER LÄRM?
ICH WERDE NACHSEHEN ... DU BLEIBST HIER SITZEN.

WOOSH
WOOSH
... DAS KÖNNTE EIN BLITZSCHLAG GEWESEN SEIN ... ODER IRGENDEINE ART ELEKTRISCHES FELD ...
EINE KATASTROPHE! ALLE SCHALTKREISE SIND IM EIMER, DIE DATENBÄNKE ZUSAMMENGESCHMOLZEN ...
WIR WERDEN AUCH OHNE COMPUTER KLARKOMMEN!
KRAK

Die elektrischen Informationen, die ich absorbiert habe, schmecken fremd und kompliziert ...
... Sind sie wirklich in einem kleinen Schiff von einem fernen Stern gekommen ... ?
Enorm viele, unwahrschein-lich kurzlebige Wesen ...
»Menschen« ...
... »Lebewesen« ... !?

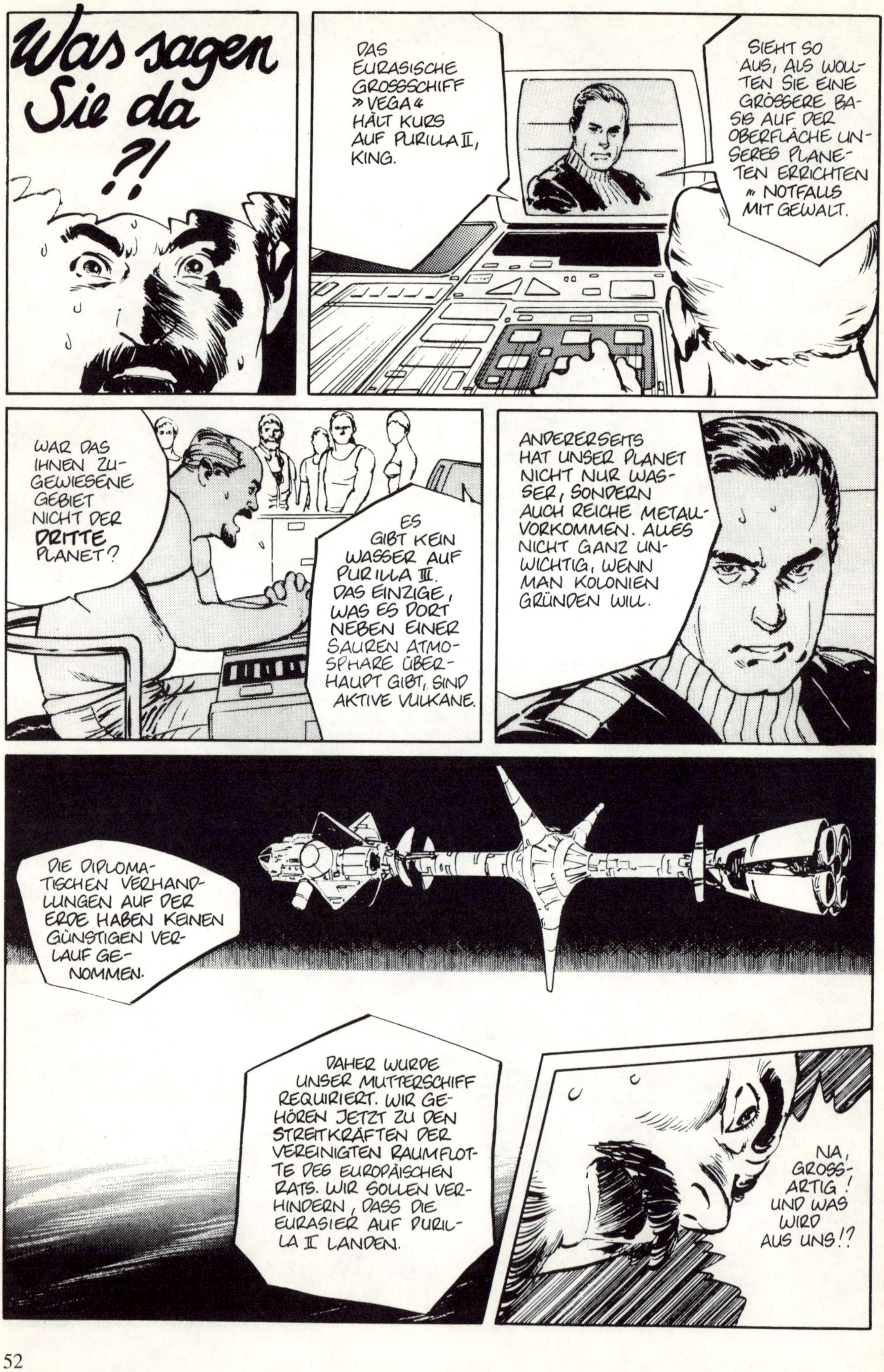
Was sagen Sie da ?!
DAS EURASISCHE GROSSSCHIFF »VEGA« HÄLT KURS AUF PURILLA II, KING.
SIEHT SO AUS, ALS WOLLTEN SIE EINE GRÖSSERE BASIS AUF DER OBERFLÄCHE UNSERES PLANETEN ERRICHTEN ... NOTFALLS MIT GEWALT.
WAR DAS IHNEN ZUGEWIESENE GEBIET NICHT DER DRITTE PLANET?
ES GIBT KEIN WASSER AUF PURILLA III. DAS EINZIGE, WAS ES DORT NEBEN EINER SAUREN ATMOSPHÄRE ÜBERHAUPT GIBT, SIND AKTIVE VULKANE.
ANDERERSEITS HAT UNSER PLANET NICHT NUR WASSER, SONDERN AUCH REICHE METALLVORKOMMEN. ALLES NICHT GANZ UNWICHTIG, WENN MAN KOLONIEN GRÜNDEN WILL.
DIE DIPLOMATISCHEN VERHANDLUNGEN AUF DER ERDE HABEN KEINEN GÜNSTIGEN VERLAUF GENOMMEN.
DAHER WURDE UNSER MUTTERSCHIFF REQUIRIERT. WIR GEHÖREN JETZT ZU DEN STREITKRÄFTEN DER VEREINIGTEN RAUMFLOTTE DES EUROPÄISCHEN RATS. WIR SOLLEN VERHINDERN, DASS DIE EURASIER AUF PURILLA II LANDEN.
NA, GROSSARTIG! UND WAS WIRD AUS UNS!?

... UND WIE LANGE WOLLEN SIE DA OBEN AUF REEDE BLEIBEN? EINEN MONAT SIND SIE JETZT SCHON HIER!
VEGA
M.S.
SOLANGE DAS MUTTER-SCHIFF DA OBEN IST, KANN AUCH EIN SCHIFF WIE DIE »VEGA« NICHTS UNTERNEHMEN. WIR HABEN EIN PATT ...
EIN FALSCHER SCHRITT, UND ES GIBT KRIEG ...
... DIE SPANNUNG IST ZU NIEDRIG. ERHÖHE AUCH DIE UV-STRAHLUNG!
HÖRST DU NICHT, MEIARU!? TRÄUMST DU?
ÄH, JA ...

UNGH…
YAN!
ALLES IN ORDNUNG! MIR GEHT ES GUT!
BIN NUR 'N BISSCHEN SCHWÄCHER, ALS ICH WAHRHABEN WILL…
WENN WIR DIESER ANORGANISCHEN SÄUREBRÜHE WASSER UND HITZE ZUFÜHREN UND DURCH DAS GANZE ELEKTRISCHEN STROM JAGEN, SOLLTE DABEI ORGANISCHE MATERIE ENTSTEHEN.
WENN DIE UNTER DRUCK GESETZT WIRD, ENTSTEHEN PROTEINE… UND SPÄTER DANN KOMPLEXERE MOLEKÜLKETTEN…!
WIR SOLLTEN IN DER LAGE SEIN, IM EXPERIMENT NACHZUVOLLZIEHEN, WIE SICH AUF DER ERDE DAS ERSTE LEBEN AUS ORGANISCHEN SUBSTANZEN GEBILDET HAT.
BAM
VERDAMMT! UND WARUM KLAPPT ES NICHT?
WIR BRAUCHEN MEHR VON DER SÄURE!
WUMP
GEH LOS, MEIARU, UND HOL WELCHE!
…KRIEG, WIE?
…IST GUT…

SHASHH
SHHSH
BRAUCHST DU HILFE?
PAPA!
MEIARU ... DU SIEHST UNGLÜCKLICH AUS! WAS IST LOS?
ICH MÖCHTE EIN BABY VON YAN, PAPA ...
... ICH MÖCHTE ES GROSSZIEHEN UND EINE FAMILIE GRÜNDEN ...
... ICH MÖCHTE WURZELN SCHLAGEN ... IN DEN BODEN DIESES PLANETEN ...

BOOM BOOM
DU KENNST DIE »GAIA«-THEORIE, PAPA?
„DIE BESAGT, DASS DIE ERDE SELBST EIN LEBEWESEN IST, DAS MAN »GAIA« NENNEN KÖNNTE? MEINST DU DAS?
SIE WÄRE DIE MUTTER ALLER LEBENSFORMEN„
„ICH FRAGE MICH, WIE DAS, WAS DIE MENSCHEN SO TREIBEN, FÜR SOLCH EIN ÜBERWESEN AUSSÄHE...
HMMM... DA DAS, WAS MENSCHEN TUN, NICHT MAL FÜR IHRE MITMENSCHEN SINN MACHT, WIE SOLL DAS ERST IN DEN AUGEN EINES ÜBERWESENS »AUSSEHEN«...?
VOOOM

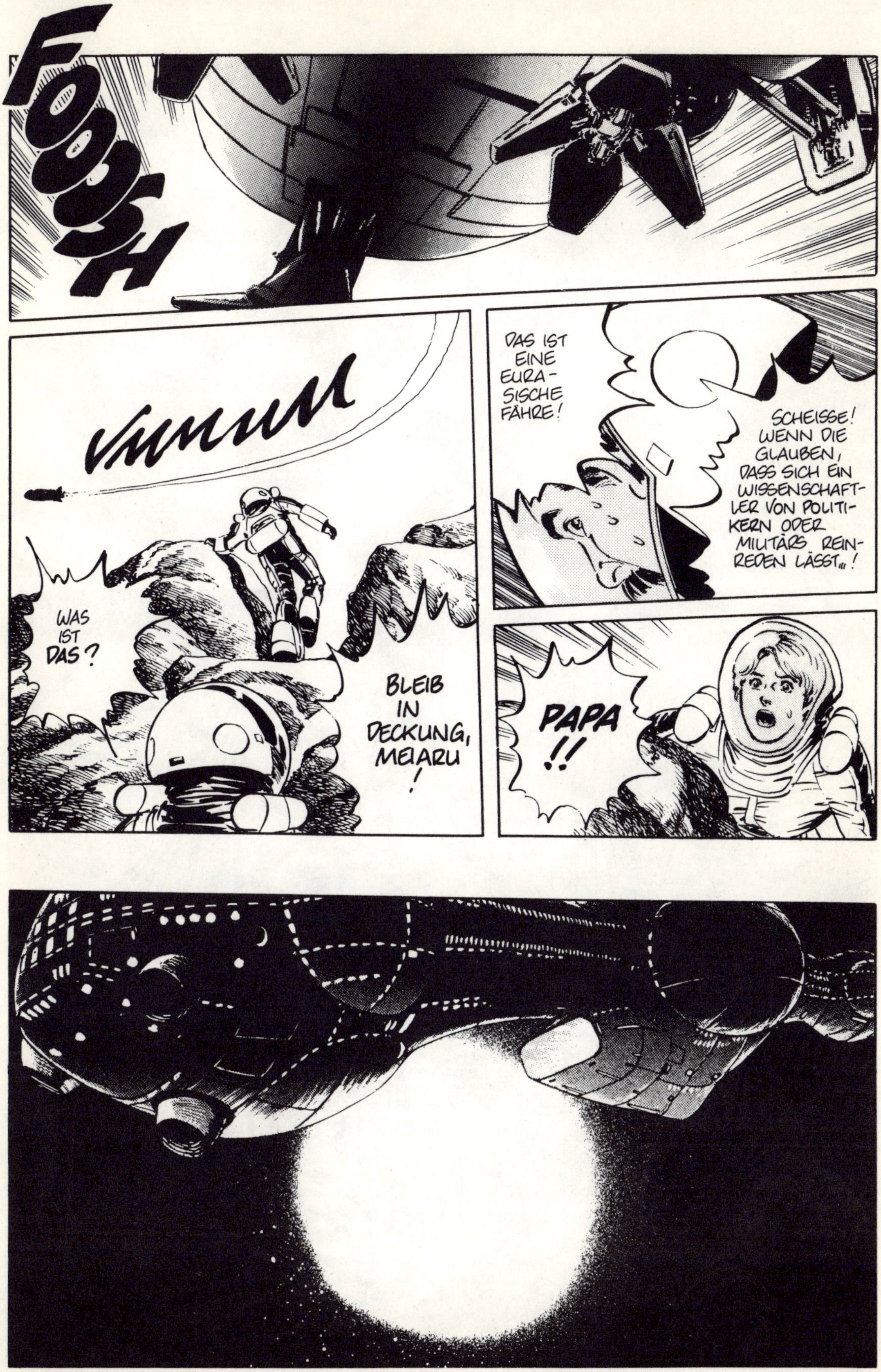
FOOOSH
VUUUUU
WAS IST DAS?
BLEIB IN DECKUNG, MEIARU!
DAS IST EINE EURASISCHE FÄHRE!
SCHEISSE! WENN DIE GLAUBEN, DASS SICH EIN WISSENSCHAFTLER VON POLITIKERN ODER MILITÄRS REINREDEN LÄSST...!
PAPA!!

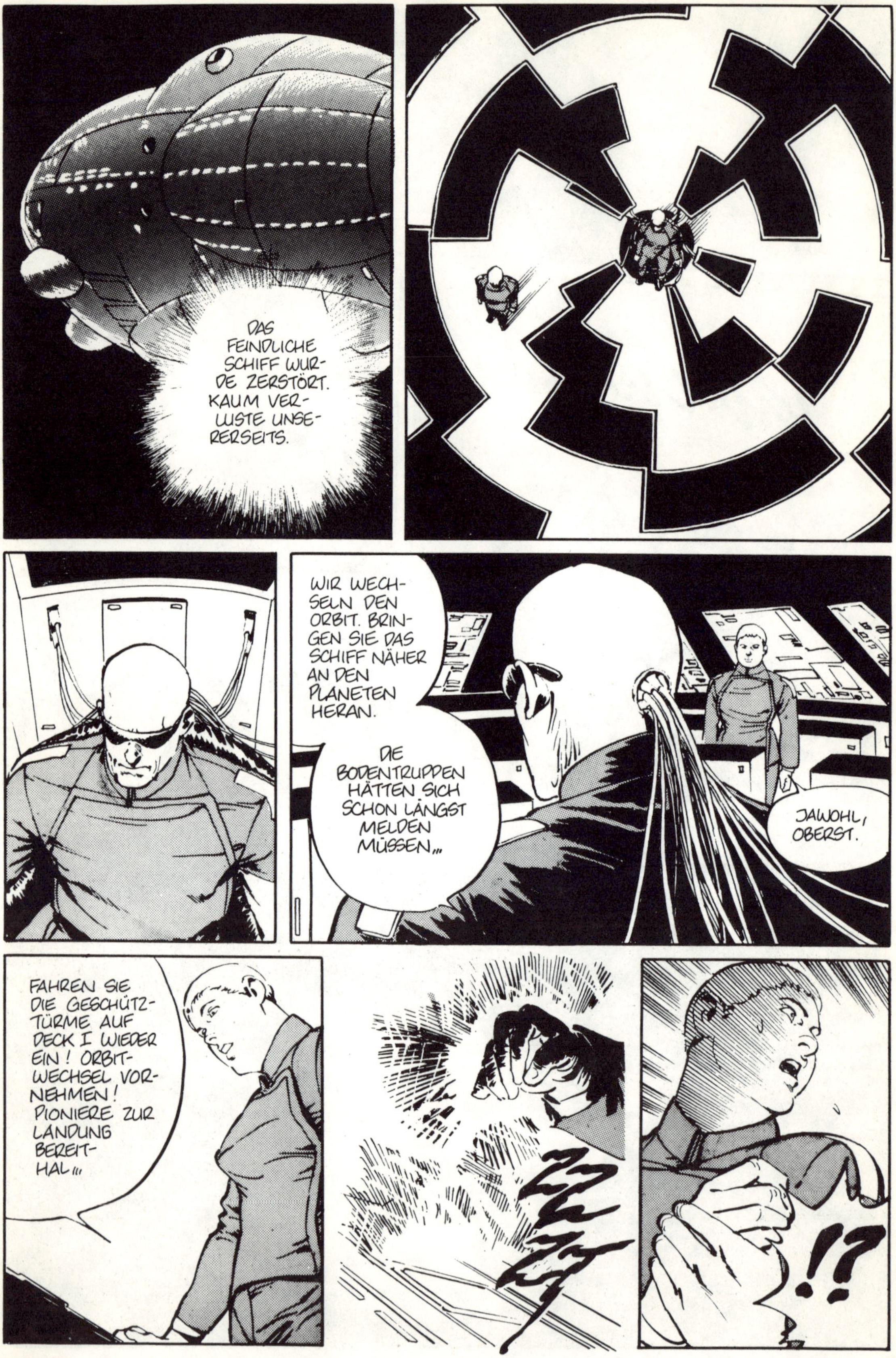
DAS FEINDLICHE SCHIFF WURDE ZERSTÖRT. KAUM VERLUSTE UNSERERSEITS.
WIR WECHSELN DEN ORBIT. BRINGEN SIE DAS SCHIFF NÄHER AN DEN PLANETEN HERAN.
DIE BODENTRUPPEN HÄTTEN SICH SCHON LÄNGST MELDEN MÜSSEN...
JAWOHL, OBERST.
FAHREN SIE DIE GESCHÜTZTÜRME AUF DECK I WIEDER EIN! ORBITWECHSEL VORNEHMEN! PIONIERE ZUR LANDUNG BEREITHAL...
!?

ZAP ZAT ZOT
AAAGH
OBERST!
D... DIE SPEICHER ... WERDEN GESCANNT! UNGH!! GEHEIME DATENBÄNKE ... WERDEN ... EINGESEHEN!
AUSSERGEWÖHNLICH STARKE ... LADUNG ... VON PURILLA II ... UAAGH!
AIEEEEEE!

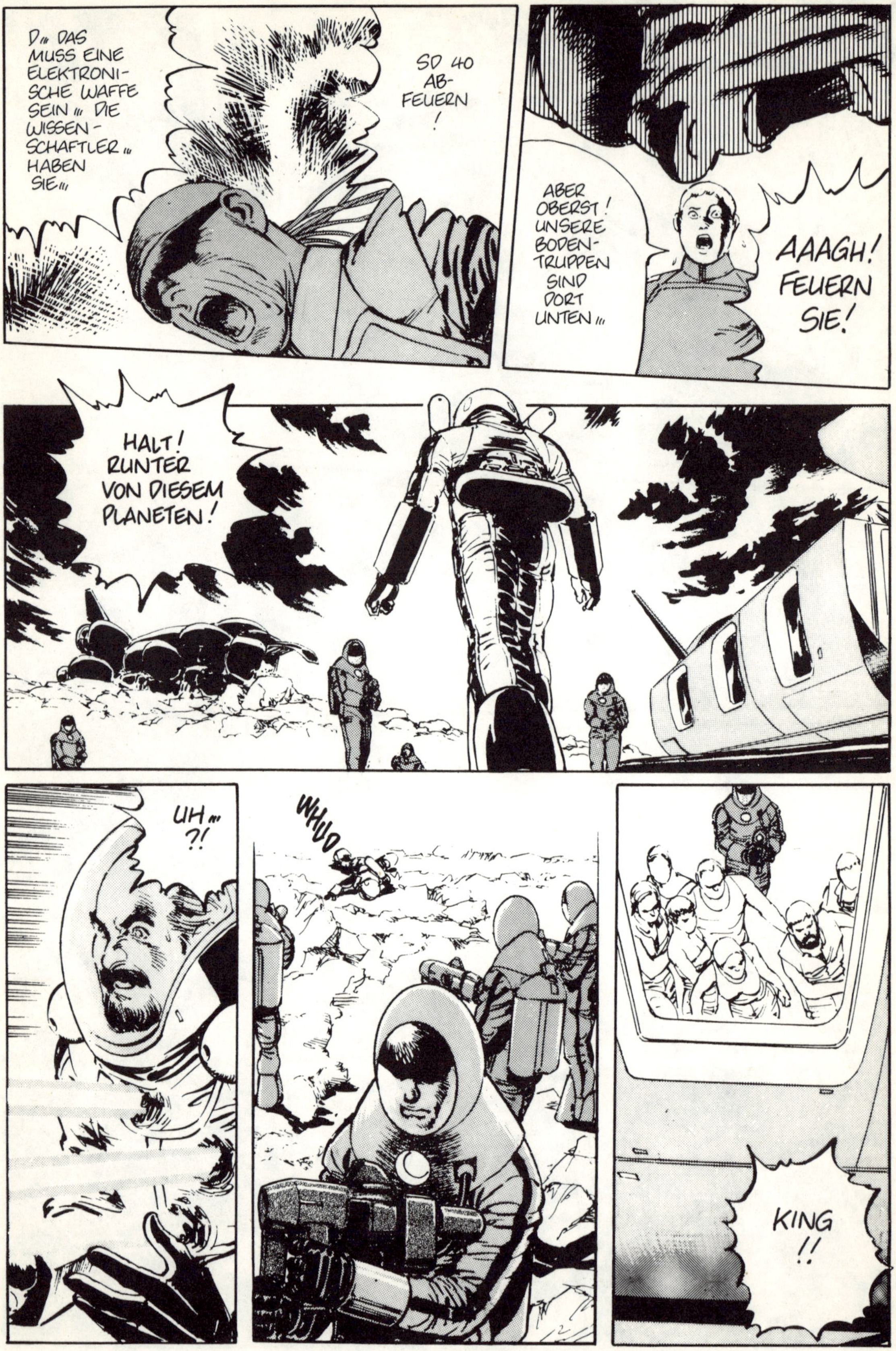
D... DAS MUSS EINE ELEKTRONISCHE WAFFE SEIN... DIE WISSENSCHAFTLER... HABEN SIE...
SD 40 ABFEUERN!
ABER OBERST! UNSERE BODENTRUPPEN SIND DORT UNTEN...
AAAGH! FEUERN SIE!
HALT! RUNTER VON DIESEM PLANETEN!
UH... ?!
WHUD
KING!!

WHAP
CHAK
HAU AB, MEIARU! LAUF WEG!!
KEUCH... HUST... HUST...!
AH!
...MEI...
YAN!!

Wheeeeeee n
YAAAN!!
KABLAM

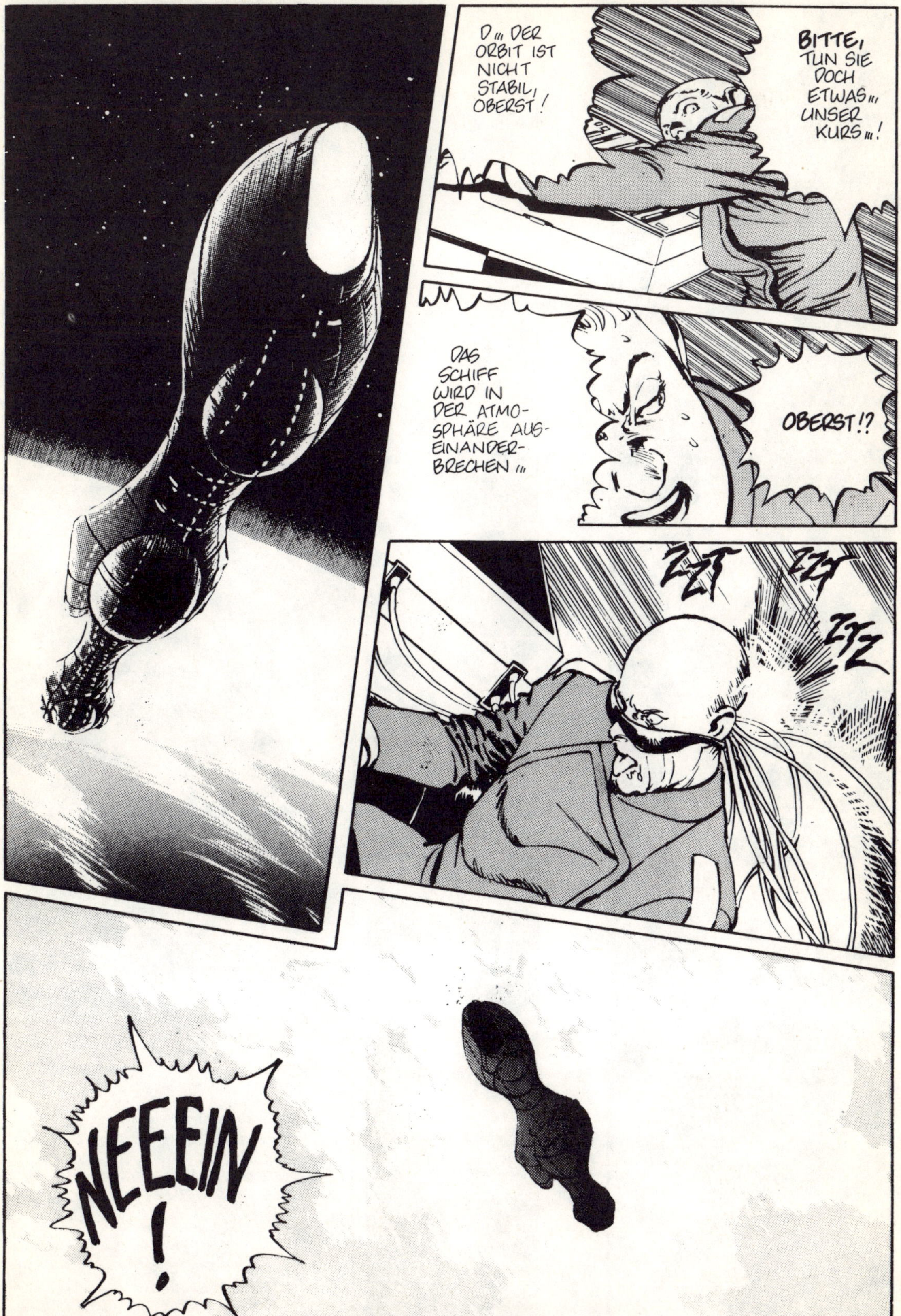
D... DER ORBIT IST NICHT STABIL, OBERST!
BITTE, TUN SIE DOCH ETWAS... UNSER KURS...!
DAS SCHIFF WIRD IN DER ATMOSPHÄRE AUSEINANDERBRECHEN...
OBERST!?
ZZT
ZZT
ZZZ
NEEEIN!

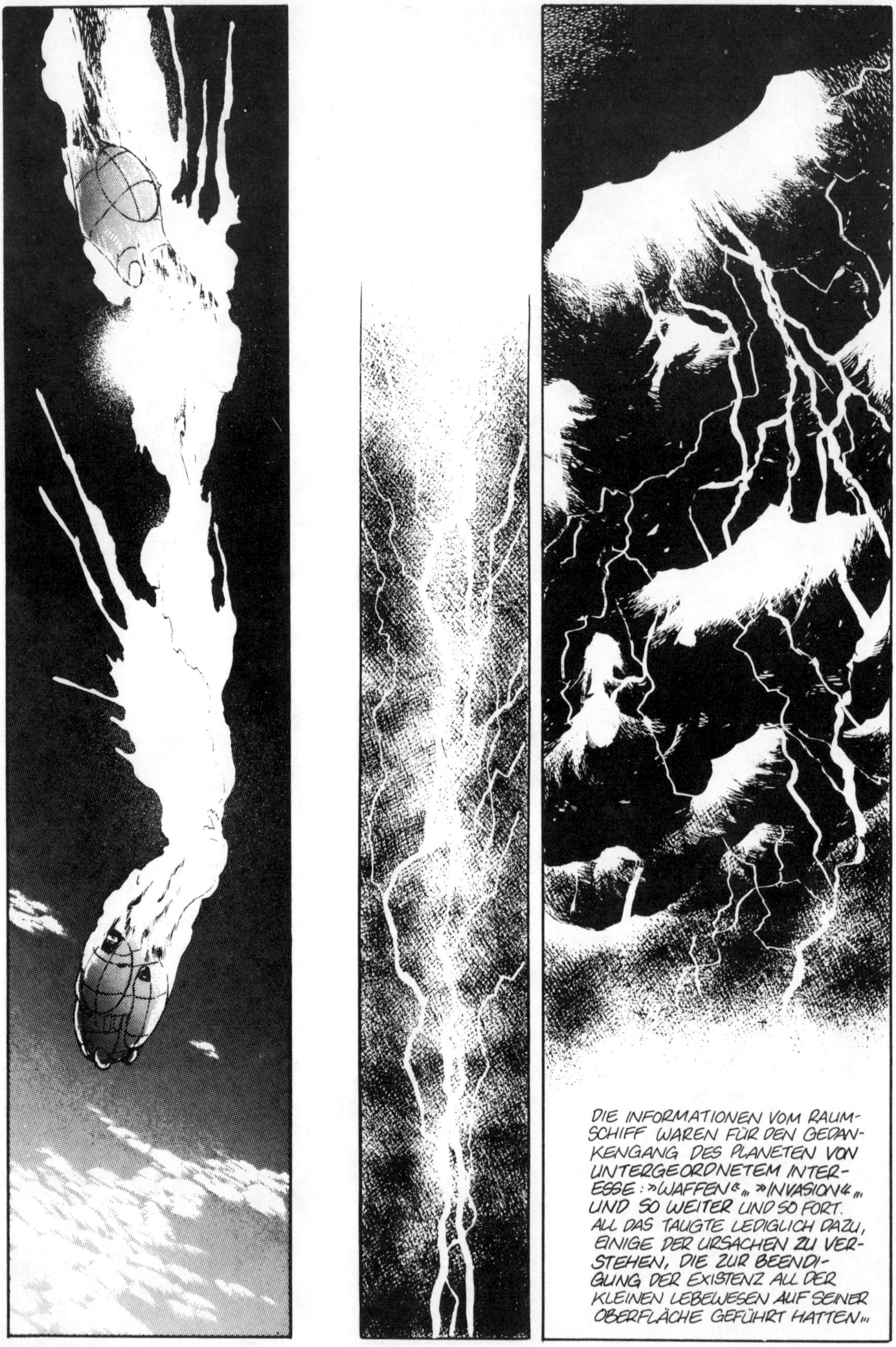
DIE INFORMATIONEN VOM RAUMSCHIFF WAREN FÜR DEN GEDANKENGANG DES PLANETEN VON UNTERGEORDNETEM INTERESSE: »WAFFEN«… »INVASION«… UND SO WEITER UND SO FORT. ALL DAS TAUGTE LEDIGLICH DAZU, EINIGE DER URSACHEN ZU VERSTEHEN, DIE ZUR BEENDIGUNG DER EXISTENZ ALL DER KLEINEN LEBEWESEN AUF SEINER OBERFLÄCHE GEFÜHRT HATTEN…

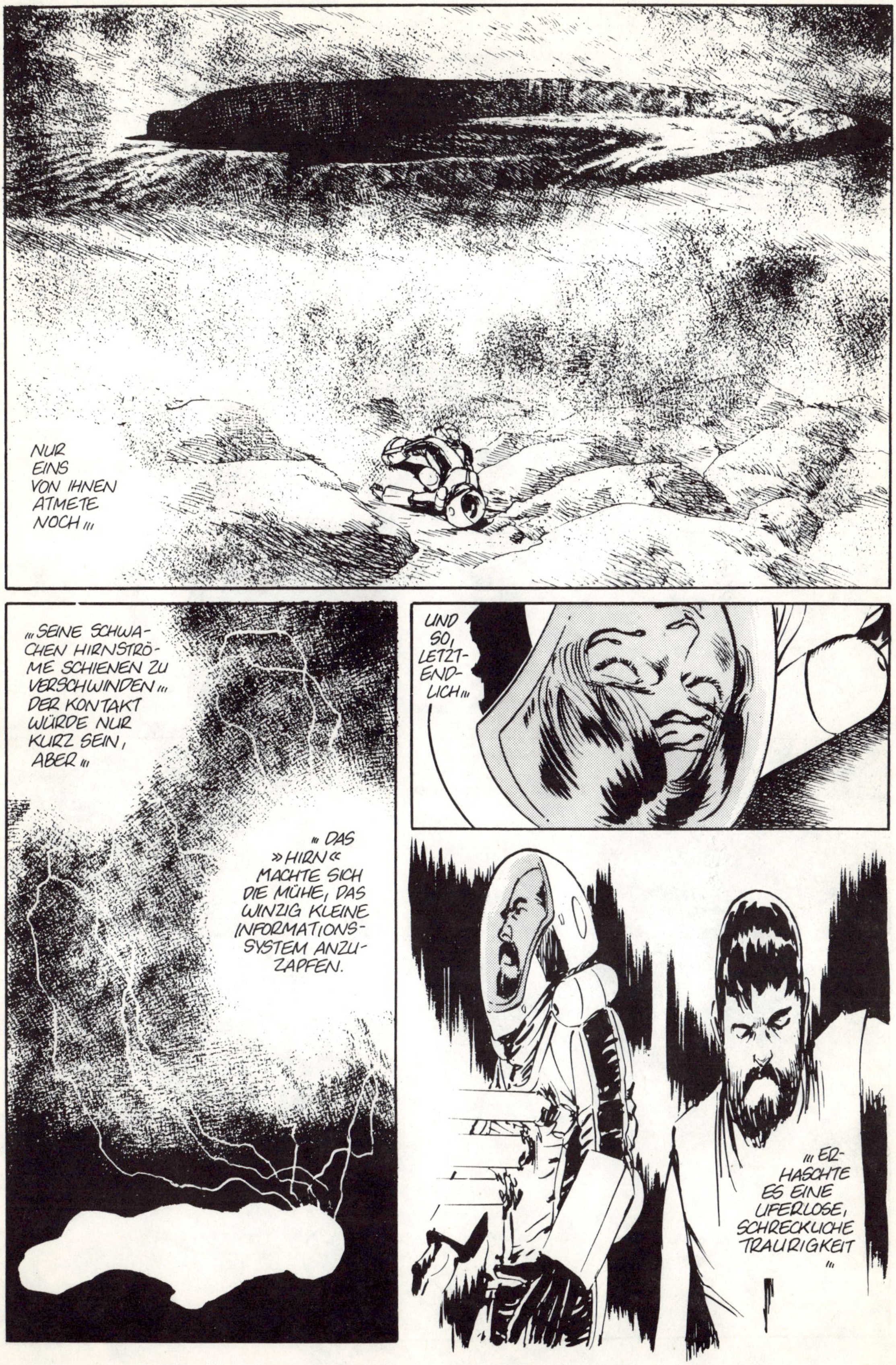
NUR EINS VON IHNEN ATMETE NOCH ...
... SEINE SCHWACHEN HIRNSTRÖME SCHIENEN ZU VERSCHWINDEN ... DER KONTAKT WÜRDE NUR KURZ SEIN, ABER ...
UND SO, LETZTENDLICH ...
... DAS »HIRN« MACHTE SICH DIE MÜHE, DAS WINZIG KLEINE INFORMATIONSSYSTEM ANZUZAPFEN.
... ERHASCHTE ES EINE UFERLOSE, SCHRECKLICHE TRAURIGKEIT ...

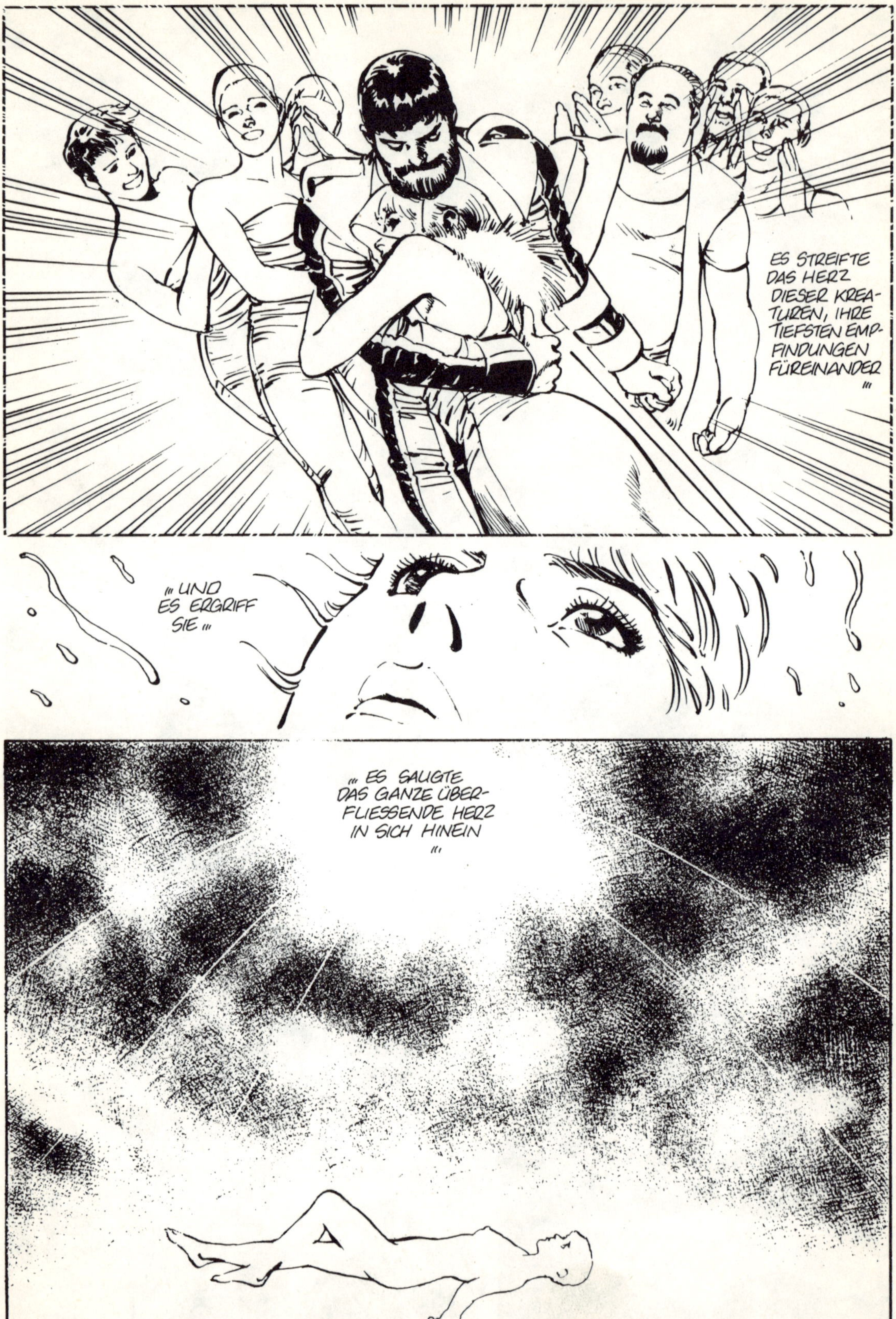
ES STREIFTE DAS HERZ DIESER KREATUREN, IHRE TIEFSTEN EMPFINDUNGEN FÜREINANDER ...
... UND ES ERGRIFF SIE ...
... ES SAUGTE DAS GANZE ÜBERFLIESSENDE HERZ IN SICH HINEIN ...

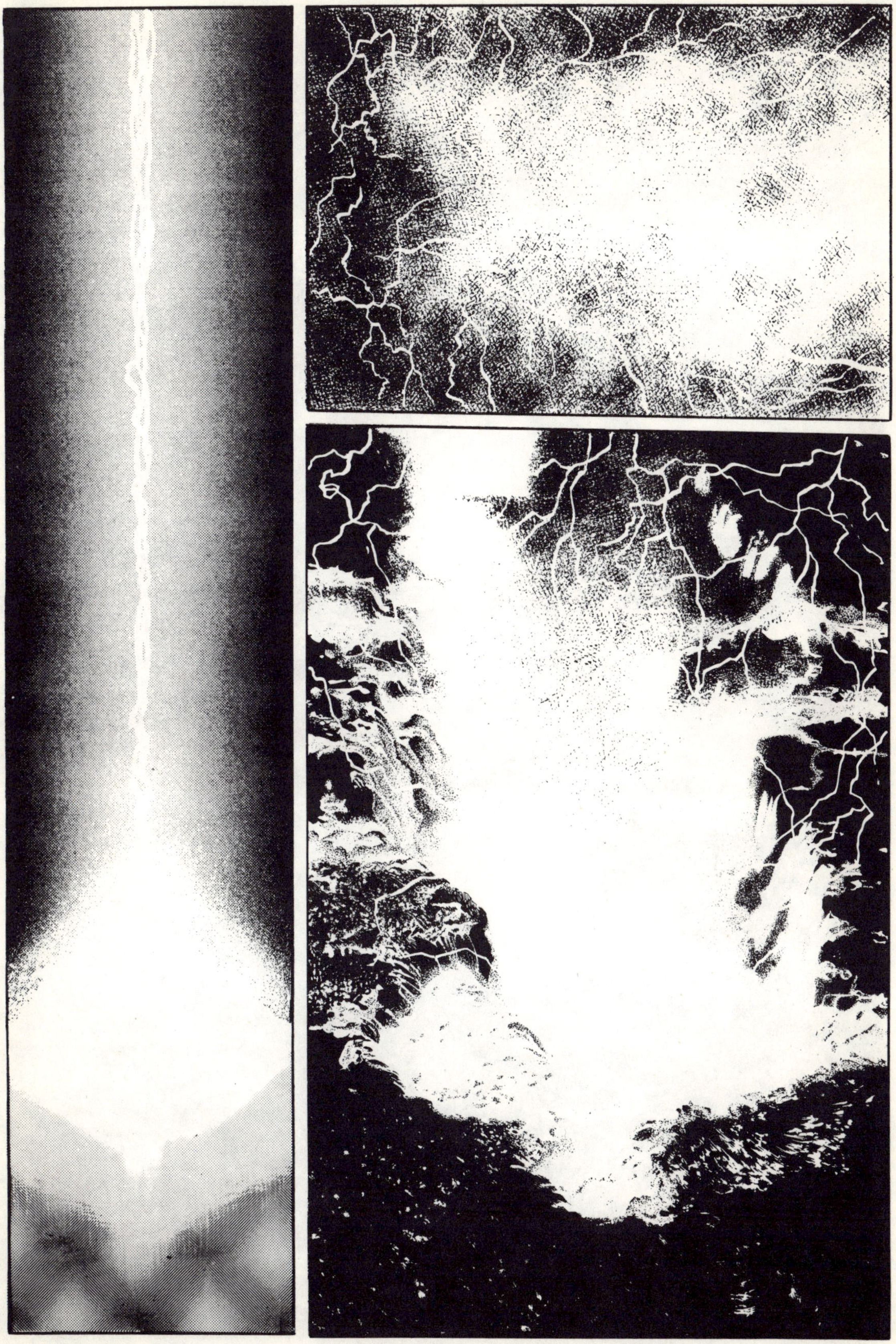

Ich werde bis in alle Ewigkeit warten ... Hunderte von Millionen Jahren ...

…bis zu dem Tag, an dem diese Welt voller kleiner »Lebewesen« ist…
Zu dem Zweck werde ich so viel von meinem Leben geben, wie nötig ist…

Ende der elften Nacht